TRANZLATY

El idioma es para todos

Språk er for alle

La Transformación
(*La Metamorfosis*)
Forvandlingen

Franz Kafka

Español
Norsk

ISBN: 978-1-80572-176-5
Die Verwandlung
Franz Kafka, 1915

www.tranzlaty.com

Primera parte
Del én

Gregorio Samsa se despertó una mañana de un sueño intranquilo.

Gregor Samsa våknet en morgen fra urolige drømmer.

Se encontró en su cama, pero incapaz de moverse.

Han befant seg i sengen sin, men ute av stand til å røre seg.

Se había transformado en una alimaña monstruosa.

Han hadde blitt forvandlet til et uhyrlig skadedyr.

Estaba acostado boca arriba, sobre su espalda, que estaba dura como una armadura.

Han lå på ryggen, som var hard som en rustning.

Levantando un poco la cabeza podía ver su barriga.

Ved å løfte hodet litt kunne han se magen sin.

Pero su vientre estaba abovedado y dividido en segmentos.

Men magen hans var kuppelformet og delt inn i segmenter.

La manta descansaba encima de su vientre redondeado.

Teppet hvilte oppå den runde magen hans.

Pero la manta estaba a punto de caerse por completo.

Men teppet var nær ved å gli helt ned.

Sus piernas eran lamentables comparadas con su tamaño habitual.

Beina hans var ynkelige sammenlignet med den vanlige størrelsen.

Y sus muchas piernas se movían impotentes ante sus ojos.

Og de mange beina hans blafret hjelpeløst foran øynene hans.

"¿Qué me ha pasado?" pensó para sí.

«Hva har skjedd med meg?» tenkte han for seg selv.

Pero no era un sueño del que no pudiera despertar.

Men det var ikke en drøm han ikke kunne våkne fra.

En realidad era su propia habitación la que él se encontraba.

Det var virkelig hans eget rom han befant seg på.

Un auténtico espacio para humanos, aunque un poco pequeño.

Et skikkelig rom for mennesker, men litt for lite.

Él yacía tranquilamente entre las cuatro paredes conocidas.

Han lå stille mellom de fire velkjente veggene.
Sobre la mesa había una colección de muestras textiles.
På bordet lå en samling tekstilprøver.
Samsa era un vendedor ambulante, de ahí las muestras.
Samsa var en reisende selger, derav vareprøvene.
Encima de las muestras textiles desmontadas había una imagen.
Over de demonterte tekstilprøvene var det et bilde.
Recientemente había recortado la imagen de una revista.
Han hadde nylig klippet bildet ut av et blad.
Había colocado el cuadro en un bonito marco dorado.
Han hadde plassert bildet i en pen, forgylt ramme.
El cuadro enmarcado mostraba a una dama sentada erguida.
Det innrammede bildet avbildet en dame som satt oppreist.
Llevaba un gorro de piel y tenía un manguito de piel.
Hun hadde på seg pelslue og en pelsmuff.
Ella estaba levantando su mano hacia el espectador de la imagen.
Hun løftet hånden mot bildets betrakter.
Todo su antebrazo desapareció dentro de su pesado manguito de piel.
Hele underarmen hennes forsvant i den tunge pelsmuffen.
Gregor miró por la ventana el clima gris.
Gregor kikket gjennom vinduet på det grå været.
Se podía oír fuertes gotas de lluvia golpeando la ventana.
Man kunne høre tunge regndråper treffe vinduet.
El clima gris lo hacía sentir muy melancólico.
Det grå været gjorde ham veldig melankolsk.
"¿Qué tal si duermo un poco más?" pensó.
«Hva med at jeg sover litt lenger?» tenkte han.
"Dormir más podría ayudarme a olvidar estas tonterías".
«Mer søvn kan kanskje hjelpe meg å glemme dette tullet.»
Pero dormir más era completamente inviable.
Men å sove lenger var fullstendig umulig.
Porque estaba acostumbrado a dormir sobre su lado derecho.
Fordi han var vant til å sove på høyre side.

Pero su estado actual le impedía realizar sus movimientos habituales.

Men hans nåværende tilstand forhindret hans vanlige bevegelser.

No tenía forma de llegar a esa posición.

Han hadde ingen måte å komme seg i denne posisjonen på.

Intentó con todas sus fuerzas lanzarse hacia su lado derecho.

Han prøvde sitt beste å kaste seg over på høyre side.

Probablemente intentó este movimiento cientos de veces.

Han forsøkte sannsynligvis denne bevegelsen hundre ganger.

Pero él siempre volvía a la posición supina.

Men han gynget alltid tilbake i ryggleie.

Cerró los ojos para no ver sus piernas inquietas.

Han lukket øynene for ikke å se de fiklende beina sine.

Al final el dolor le impidió intentarlo de nuevo.

Til slutt hindret smertene ham i å prøve igjen.

Un dolor sordo en el costado que nunca había sentido antes.

En dump smerte i siden som han aldri hadde følt før.

«Oh Dios», pensó desesperado Gregorio Samsa.

«Å Gud», tenkte Gregor Samsa desperat for seg selv.

¡Qué profesión tan agotadora he elegido para mí!

"For et anstrengende yrke jeg har valgt meg selv!"

"Día tras día tengo que viajar por trabajo".

«Dag ut og dag inn må jeg reise rundt i jobbsammenheng.»

"El trabajo de oficina es mucho más fácil que trabajar fuera de casa".

«Kontorarbeid er mye enklere enn å jobbe på veien.»

"Y tengo la maldición de tener que viajar."

«Og jeg har forbannelsen av å måtte reise rundt.»

"Todas las preocupaciones por llegar a tiempo a los trenes."

«Alle bekymringene om å rekke frem til togene.»

"Mis horarios de comida son irregulares y la comida es mala".

«Måltidene mine er uregelmessige, og maten er dårlig.»

"Mis amigos siempre están cambiando de ciudad en ciudad."

«Vennene mine bytter stadig vekk fra by til by.»

"Las interacciones que tengo son frías y profesionales".

«Samhandlingene jeg har er kalde og profesjonelle.»
"¡Dejad que el Diablo se divierta con este tipo de trabajos!"
"La djevelen more seg med denne typen arbeid!"
Sintió un ligero picor en la parte superior del estómago.
Han kjente en lett kløe øverst i magen.
Se apoyó contra el poste de la cama, con la espalda.
Han presset seg mot sengestolpen, med ryggen.
Quería poder levantar mejor la cabeza.
Han ville kunne løfte hodet bedre.
Encontró el punto que le picaba y le molestaba.
Han fant det kløende stedet som plaget ham.
Su cabeza parecía estar cubierta de pequeños puntos blancos.
Hodet hans så ut til å være dekket av små hvite prikker.
No podía decir qué eran esos pequeños puntos blancos.
Hva disse små hvite prikkene var, kunne han ikke si.
Había planeado tocar el lugar con una de sus piernas.
Han hadde planlagt å berøre stedet med det ene beina.
Pero cuando tocó el lugar sintió un extraño escalofrío.
Men da han berørte stedet, kjente han en merkelig frysning.
Entonces inmediatamente retiró la pierna del lugar.
Så trakk han umiddelbart beinet vekk fra stedet.
No tuvo más remedio que aceptar la sensación de picazón.
Han hadde ikke noe annet valg enn å akseptere kløefølelsen.
Y volvió a su posición anterior en la cama.
Og han gikk tilbake til sin tidligere stilling i sengen.
"Despertarse tan temprano realmente te vuelve bastante estúpido".
«Det å våkne så tidlig gjør en virkelig ganske dum.»
"Un hombre debe dormir lo suficiente", pensó.
«En mann må få nok søvn», tenkte han for seg selv.
"Los demás vendedores ambulantes viven una vida de lujo."
«De andre reisende selgerne lever et liv i luksus.»
"Por la mañana transfiero los pedidos que he recibido."
«Om morgenen overfører jeg ordrene jeg har mottatt.»
"Mientras tanto esos señores todavía están desayunando."
«I mellomtiden spiser de herrene fortsatt frokost.»

"Imagínese si intentara hacer eso con mi jefe".

«Tenk deg om jeg prøvde å gjøre det samme med sjefen min.»

"Me despediría antes de terminar mi desayuno."

«Han ville sparke meg før jeg var ferdig med frokosten min.»

"Pero quizá eso tampoco sería lo peor."

«Men kanskje det ikke ville være det verste heller.»

"El problema es que mis padres me están frenando".

«Problemet er at foreldrene mine holder meg tilbake.»

"Si no fuera por ellos ya habría dimitido."

«Hvis det ikke hadde vært for dem, ville jeg allerede ha sagt opp.»

"Me habría enfrentado al jefe y se lo habría dicho".

«Jeg ville ha stått opp mot sjefen og fortalt ham det.»

"Diría exactamente lo que pienso de él y del trabajo".

«Jeg ville sagt akkurat hva jeg synes om ham og jobben.»

"¡Se caería del escritorio si le contara todo!"

«Han ville falle av pulten hvis jeg fortalte ham alt!»

"Es muy extraña la forma en que se sienta en su escritorio".

«Det er veldig merkelig måten han sitter på skrivebordet sitt.»

"La forma en que habla con sus subordinados no es correcta".

«Måten han snakker til sine underordnede på er ikke riktig.»

"Y lo peor es que su audición es muy pobre".

«Og det verste er at hørselen hans er så dårlig.»

"Así que no te queda otra opción que sentarte muy cerca de él."

«Så du har ikke noe annet valg enn å sitte veldig nærme ham.»

Pero dicho todo esto, la esperanza no está completamente perdida todavía.

«Men når det er sagt, er ikke håpet helt ute ennå.»

"Ahorraré el dinero para pagar la deuda de mis padres".

«Jeg skal spare pengene for å betale ned foreldrenes gjeld.»

"No puedo hacer nada mientras todavía le deban dinero".

«Jeg kan ikke gjøre noe mens de fortsatt skylder ham penger.»

"Pero cuando la deuda esté pagada definitivamente lo haré."

«Men når gjelden er betalt, vil jeg definitivt gjøre det.»

"Probablemente tomará otros cinco o seis años."

«Det vil sannsynligvis ta ytterligere fem til seks år.»
"Sí, entonces definitivamente se hará la gran separación".
«Ja, da blir den store separasjonen definitivt gjort.»
"Por el momento, sin embargo, debo levantarme de la cama."
«Men foreløpig må jeg stå opp av sengen.»
"Porque mi tren sale a las cinco en punto."
«Fordi toget mitt skal gå klokken fem.»
Gregor miró el despertador que sonaba sobre la mesa.
Gregor så på vekkerklokken som tikket på bordet.
"¡Padre Celestial!" pensó al ver la hora.
«Himmelske Fader!» tenkte han da han så tiden.
Las seis y media ya habían pasado silenciosamente.
Halv sju var allerede stille og rolig over.
Y las manecillas del reloj seguían avanzando.
Og klokkens visere fortsatte å bevege seg fremover.
Y ahora se acercaba la cuarta hora menos cuarto.
Og nå nærmet klokken seg kvart på sju.
"¿Quizás la alarma no sonó para despertarme?", pensó.
«Kanskje alarmen ikke hadde ringt for å vekke meg?» tenkte
han.
Desde la cama Gregor inspeccionó el despertador.
Fra sengen sin inspiserte Gregor vekkerklokken.
**El despertador estaba programado exactamente para las
cuatro.**
Vekkerklokken var riktig stilt til klokken fire.
No podía explicarlo, pero la alarma debió haber sonado.
Han kunne ikke forklare det, men alarmen må ha ringt.
**"¿Cómo pude dormirme a pesar de la alarma sin darme
cuenta?"**
«Hvordan klarte jeg å sove meg gjennom alarmen uten å vite
det?»
Cuando suena la alarma incluso sacude los muebles.
Når den ringer, rister til og med alarmen på møblene.
Sabía que su sueño no había sido para nada tranquilo.
Han visste at søvnen hans slett ikke hadde vært fredelig.
Pero quizá por eso su sueño era mucho más profundo.
Men kanskje det var derfor søvnen hans var mye dypere.

Tenía que pensar qué debía hacer ahora.
Han måtte tenke på hva han skulle gjøre nå.
El siguiente tren no salía hasta las siete.
Neste tog gikk ikke før klokken sju.
Coger ese tren sería casi imposible.
Det ville nesten være umulig å rekke det toget.
Y aún no había empacado los textiles que necesitaba.
Og han hadde ennå ikke pakket tekstilene han trengte.
Tampoco se sentía especialmente fresco y ágil.
Han følte seg heller ikke spesielt frisk og smidig.
Quizás había una posibilidad de subir al tren.
Kanskje det var en mulighet for å komme seg på toget.
Pero de todas formas, un regaño por parte del jefe era inevitable.
Men en skjenn fra sjefen var uunngåelig uansett.
El empleado habría subido al tren de las cinco.
Kontoristen ville ha gått på fem-toget.
El oficinista era una criatura sin carácter del jefe.
Kontorfunksjonæren var en ryggradsløs skapning av sjefen.
Así que la ausencia de Gregor ya habría sido informada.
Så Gregors fravær ville allerede ha blitt rapportert.
"¿Qué pasa si llamo para avisar que estoy enfermo?" Gregor estaba pensando.
«Hva om jeg melder meg syk?» tenkte Gregor.
Pero eso sería extremadamente embarazoso y sospechoso.
Men det ville vært ekstremt pinlig og mistenkelig.
Gregor nunca había estado enfermo durante el tiempo que trabajó allí.
Gregor hadde aldri vært syk i den tiden han jobbet der.
Y ya les había dado cinco años de servicio.
Og han hadde allerede gitt dem fem års tjeneste.
Lo más probable era que el jefe viniera a ver cómo estaba.
Sannsynligheten var stor for at sjefen ville komme for å sjekke hvordan det gikk med ham.
Probablemente traería al médico del seguro médico.
Han ville nok tatt med seg helseforsikringslegen.
Y culparía a los padres por la pereza de su hijo.

Og han ville skylde på foreldrene for deres late sønn.

No podrían hacerle ninguna objeción.

De ville ikke kunne komme med noen innvendinger mot ham.

Porque para él sólo había dos clases de trabajadores.

Fordi for ham fantes det bare to typer arbeidere.

O bien los trabajadores estaban completamente sanos o bien eran reacios al trabajo.

Enten var arbeiderne helt friske, eller så var de arbeidssky.

¿Y estaría equivocado en ese análisis básico?

Og ville han i det hele tatt ta feil i den grunnleggende analysen?

Ciertamente, en este caso tenía un argumento sólido.

I dette tilfellet hadde han selvsagt et sterkt argument.

A pesar de su apariencia, Gregor en realidad se sentía bastante bien.

Til tross for utseendet sitt følte Gregor seg faktisk ganske bra.

El sueño innecesariamente largo lo dejó un poco somnoliento.

Den unødvendige lange søvnen gjorde ham litt døsig.

Pero aparte de eso no podía quejarse de enfermedad.

Men bortsett fra det kunne han ikke klage over sykdom.

Incluso sintió un hambre especialmente fuerte y saludable.

Han følte til og med en spesielt sterk og sunn sult.

Mientras pensaba estos pensamientos el reloj volvió a sonar.

Mens han tenkte disse tankene, slo klokken igjen.

Según la alarma eran ya las siete menos cuarto.

Ifølge alarmen var klokken nå kvart på sju.

Y ahora también se oyó un suave golpe en la puerta.

Og nå banket det også forsiktig på døren.

—Gregor —lo llamó alguien. Era la madre.

«Gregor», ropte noen til ham – det var moren.

"Son las siete menos cuarto", confirmó la alarma.

«Klokken er kvart på sju», bekreftet hun alarmen.

¿No querías irte?, preguntó la suave voz.

«Ville du ikke dra?» spurte den milde stemmen.

Gregor se asustó cuando oyó su voz respondiendo.

Gregor ble redd da han hørte stemmen hans svare.

La voz seguía siendo la voz que siempre tuvo.

Stemmen var fortsatt den stemmen han alltid hadde hatt.

Pero ahora había un nuevo sonido mezclado en su voz.

Men nå var det en ny lyd blandet inn i stemmen hans.

Desde lo más profundo de él también salió un doloroso chillido.

Dypt inne i ham kom det også et smertefullt pip.

Al principio su voz parecía formar palabras con claridad.

Først syntes stemmen hans å forme ord med klarhet.

Pero entonces Gregor escuchó el eco mental de su voz.

Men så hørte Gregor det mentale ekkoet av stemmen hans.

La grabación de su voz se interrumpió de una manera extraña.

Opptaket av stemmen hans brøt sammen på en merkelig måte.

Y no estaba seguro de si había escuchado las cosas correctamente.

Og han var ikke sikker på om han hadde hørt ting riktig.

Gregor sintió un profundo deseo de dar una respuesta detallada.

Gregor følte et dypt ønske om å gi et detaljert svar.

Quería explicarle todo claramente a su madre.

Han ville forklare alt tydelig for moren sin.

Pero, dadas las circunstancias, tuvo que limitarse.

Men gitt omstendighetene måtte han begrense seg.

Y respondió mucho más breve de lo que le hubiera gustado.

Og han svarte mye kortere enn han skulle ønske.

-Sí madre, no te preocupes, gracias, ya estoy levantado.

«Ja mamma, ikke vær redd, takk, jeg er allerede oppe.»

La puerta de madera probablemente ayudó a amortiguar su voz.

Tredøren bidro sannsynligvis til å dempe stemmen hans.

Desde fuera el cambio en la voz de Gregor pasó desapercibido.

Utenfor forble forandringen i Gregors stemme ubemerket.

La madre pareció estar satisfecha con su explicación.

Moren virket fornøyd med forklaringen hans.

Y ella se fue de nuevo tan silenciosamente como había llegado.

Og hun dro igjen like stille som hun hadde kommet.

Pero la pequeña conversación tuvo un efecto no deseado.

Men den lille samtalen hadde en uønsket effekt.

Llamó la atención de los demás miembros de la familia.

Han fanget oppmerksomheten til de andre familiemedlemmene.

Gregor todavía estaba en casa y no había ido a trabajar.

Gregor var fortsatt hjemme og hadde ikke gått på jobb.

Y ahora el padre también llamó a la puerta lateral.

Og nå banket også faren på sidedøren.

Golpeó débilmente, pero decidido, con el puño.

Han banket svakt, men bestemt, med knyttneven.

—Gregor, Gregor —gritó—, ¿cuál es el problema?

«Gregor, Gregor», ropte han. «Hva er problemet?»

Al cabo de un rato volvió a advertir con voz más grave.

Etter en liten stund advarte han igjen med dypere stemme.

Pero ahora la hermana llamó a la puerta del otro lado.

Men på den andre sidedøren banket søsteren nå.

"¿Gregor? ¿No te encuentras bien?", preguntó en voz baja.

«Gregor? Har du det ikke bra?» spurte hun stille.

"¿Necesitas algo?" preguntó preocupada.

«Er det noe du trenger?» spurte hun bekymret.

Gregor respondió a ambas partes: "Ya he terminado".

Gregor svarte begge sider: «Jeg er allerede ferdig.»

Había hecho todo lo posible para pronunciar todas las palabras con cuidado.

Han hadde gjort sitt beste for å uttale alle ordene nøye.

Y eliminó todo lo que era llamativo en su voz.

Og han fjernet alt som var iøynefallende i stemmen sin.

El padre también parecía satisfecho con la respuesta.

Faren virket også fornøyd med svaret.

Y regresó a su desayuno inacabado.

Og han vendte tilbake til sin uferdige frokost.

Pero la hermana susurró: "Gregor, ábreme, te lo ruego".

Men søsteren hvisket: «Gregor, åpne opp, jeg ber deg.»

Pero su preocupación por él no podía conmoverlo de ninguna manera.

Men hennes bekymring for ham kunne ikke røre ham på noen måte.

Gregor no tenía intención de abrirle la puerta.

Gregor hadde ingen intensjon om å åpne døren for henne.

Había adquirido algunos hábitos de cautela al viajar.

Han hadde tilegnet seg noen forsiktige vaner fra reisene.

Y se alababa a sí mismo por haber cerrado las puertas.

Og han roste seg selv for å ha låst dørene.

Primero quiso levantarse tranquilamente y a su propio ritmo.

Først ville han stå opp i sin egen tid i ro og mak.

Y sin que nadie le molestara quiso vestirse.

Og uten å bli forstyrret, ville han kle på seg.

Una vez logrado esto, quiso entonces desayunar.

Med det oppnådd, ville han spise frokost.

Sólo entonces quiso reflexionar más sobre la situación.

Først da ville han vurdere situasjonen nærmere.

Sabía que no tenía sentido hacer planes en la cama.

Han visste at det ikke var noen vits i å legge planer i sengen.

Sería imposible llegar a una conclusión sensata.

Å komme til en fornuftig konklusjon ville være umulig.

Había habido otras ocasiones en las que se despertó con dolores leves.

Det hadde vært andre ganger han våknet med små smerter.

Estos dolores siempre resultaban ser pura imaginación.

Disse smertene viste seg alltid å være ren innbilning.

Al levantarme de la cama el dolor invariablemente desaparecía.

Når man sto opp av sengen, forsvant smerten alltid.

Tenía curiosidad por ver qué pasaría con esas ideas.

Han var nysgjerrig på hva som ville skje med disse ideene.

El cambio en su voz probablemente se debió sólo a un resfriado.

Forandringen i stemmen hans kom sannsynligvis bare fra en forkjølelse.

Los resfriados son simplemente un riesgo laboral para los viajeros.

Forkjølelse er bare en yrkesfare for reisende.

No tenía ninguna duda de que ésa era la explicación lógica.

Han var ikke i tvil om at det var den logiske forklaringen.

Logró quitarse la manta de encima con facilidad.

Det var lett å få av seg teppet.

Lo único que tenía que hacer era inhalar e inflarse.

Alt han trengte å gjøre var å puste inn og blåse seg opp.

La manta se deslizó de su cuerpo y cayó al suelo.

Teppet gled av kroppen hans og ned på gulvet.

Su cuerpo increíblemente ancho dificultaba otras cosas.

Hans utrolig brede kropp gjorde andre ting vanskelig.

Habría necesitado brazos y manos para ponerse de pie.

Han ville ha trengt armer og hender for å stå opp.

Pero ya no tenía las extremidades que solía tener.

Men han hadde ikke de lemmene han pleide å ha.

En lugar de brazos y manos tenía muchas piernas pequeñas.

I stedet for armer og hender hadde han mange små bein.

Y sus piernas se movían constantemente, sin su control.

Og beina hans beveget seg konstant, uten at han kontrollerte dem.

Intentó doblar una pierna, pero en lugar de eso se estiró.

Han prøvde å bøye det ene beinet, men i stedet strakte det seg.

Finalmente logró controlar una pierna.

Han klarte endelig å få kontroll over det ene beinet.

Pero luego se liberó el movimiento de las otras piernas.

Men så ble bevegelsen til de andre beina sluppet løs.

Y todas sus piernas se crisparon de extrema excitación.

Og alle beina hans dirret i ekstrem opphisselse.

Primero quería sacar la parte inferior de su cuerpo de la cama.

Først ville han få underkroppen ut av sengen.

Pero en realidad aún no había visto la parte inferior de su cuerpo.

Men han hadde faktisk ikke sett underkroppen sin ennå.

Y, de todas formas, resultó demasiado difícil mover esta pieza.

Og det viste seg uansett å være for vanskelig å flytte denne delen.

Finalmente, con todas sus fuerzas, realizó un movimiento salvaje.

Til slutt, med all sin styrke, gjorde han ett vilt trekk.

Sin más vacilación, avanzó.

Uten ytterligere å nøle beveget han seg fremover.

Pero había elegido la dirección equivocada.

Men han hadde valgt feil retning å bevege seg i.

Golpeó violentamente su cuerpo contra el poste inferior de la cama.

Han slo kroppen sin voldsomt mot den nederste sengestolpen.

El dolor ardiente que sintió le enseñó una valiosa lección.

Den brennende smerten han følte lærte ham en verdifull lekse.

La parte inferior de su cuerpo era quizás más sensible.

Den nedre delen av kroppen hans var kanskje mer følsom.

Entonces intentó sacar primero la parte superior del cuerpo de la cama.

Så prøvde han å få overkroppen ut av sengen først.

Giró cuidadosamente la cabeza en la dirección correcta.

Han snudde forsiktig hodet i riktig retning.

Y pronto su cabeza estaba mirando hacia el borde de la cama.

Og snart var hodet hans vendt mot sengekanten.

Este movimiento cauteloso en realidad fue fácil para él.

Denne forsiktige bevegelsen var faktisk enkel for ham.

Y su anchura y peso no detuvieron su movimiento.

Og bredden og vekten hans stoppet ikke bevegelsen hans.

La masa de su cuerpo siguió lentamente el giro de la cabeza.

Kroppens masse fulgte sakte hodets rotasjon.

Pero luego sostuvo su cabeza sobre el borde de la cama.

Men så holdt han hodet over sengekanten.

Y se enfrentó a un nuevo miedo en el que aún no había pensado.

Og han møtte en ny frykt han ikke hadde tenkt på ennå.

Avanzar más por este camino podría ser peligroso.

Å gå videre på denne måten kan være farlig.

Había pensado que simplemente se dejaría caer.

Han hadde trodd at han bare skulle la seg falle.

Pero sería un milagro si no se lesionara la cabeza.

Men det ville være et mirakel om han ikke skadet hodet.

Ahora no era el momento de arriesgarse a perder el conocimiento.

Nå var ikke tiden inne for å risikere å miste bevisstheten.

Quizás sería mejor quedarse en la cama después de todo.

Kanskje det hadde vært bedre å bli liggende i sengen likevel.

Pero luego tuvo que hacer el mismo esfuerzo para regresar.

Men så måtte han gjøre den samme innsatsen for å komme tilbake.

Después de todo ese esfuerzo él estaba tendido allí igual que antes.

Etter all den innsatsen lå han der akkurat som før.

Y ahora sus piernas parecían incluso más enojadas que antes.

Og nå virket beina hans enda sintere enn de hadde vært.

Los movimientos de sus piernas se habían vuelto aún más incontrolables.

Bevegelsene med beina hans hadde blitt enda mer ukontrollerbare.

No veía manera de salir de la situación en la que se encontraba.

Han så ingen måte å komme seg ut av situasjonen han var i.

De este caos no fue posible sacar la paz ni el orden.

Fred og orden kunne ikke skapes ut av dette kaoset.

Pero sabía que quedarse en la cama tampoco era una opción.

Men han visste at det å bli liggende i sengen heller ikke var et alternativ.

Sacrificarlo todo era la opción más sensata.

Å ofre alt var det mest fornuftige alternativet.

Se aferró a la más mínima esperanza de levantarse de la cama.

Han holdt fast ved det minste håp om å komme seg ut av sengen.

Si lo hubiera conseguido, todo riesgo habría valido la pena.

Hvis han hadde klart dette, ville all risiko vært verdt det.

Pero al mismo tiempo también recordó algo más.

Men han husket også noe annet samtidig.

"Mejores que decisiones desesperadas son reflexiones tranquilas."

"Bedre enn desperate avgjørelser er rolige refleksjoner."

Con todo su esfuerzo centró su mirada en la ventana.

Med all sin innsats fokuserte han blikket på vinduet.

Pero lo que vio le trajo poca confianza y alegría.

Men det han så ga ham lite selvtillit og oppmuntring.

La niebla de la mañana cubría toda la estrecha calle.

Morgentåken dekket hele den smale gaten.

El despertador volvió a sonar; ahora eran las siete.

Vekkerklokken ringte igjen; nå var klokken sju.

"Ya son las siete y todavía hay mucha niebla."

«Klokken er allerede sju, og det er fortsatt så mye tåke.»

Durante un rato permaneció en silencio, respirando débilmente.

En stund lå han stille og pustet bare svakt.

Quizás un poco de quietud traería algo de normalidad.

Kanskje litt stillhet ville føre til litt normalitet.

Un silencio absoluto podría provocar las condiciones reales.

Fullstendig stillhet kan føre til de virkelige forholdene.

Pero antes de que el reloj volviera a sonar, rompió el silencio.

Men før klokken slo igjen, brøt han stillheten.

"Antes de que el reloj vuelva a sonar, debo levantarme de la cama."

«Før klokken ringer igjen, må jeg stå opp av sengen.»

"Para entonces tengo que estar totalmente fuera de la cama."

«Jeg må absolutt være helt ute av sengen da.»

"Después de las siete y cuarto la oficina enviará a alguien."

«Etter kvart over åtte sender kontoret noen.»

"Porque la oficina abrió antes de las siete."

«Fordi kontoret åpnet før klokken sju.»

Y ahora empezó a balancear su cuerpo fuera de la cama.

Og nå begynte han å vugge kroppen sin ut av sengen.

Había abandonado el centrarse en la parte superior o inferior de su cuerpo.

Han hadde sluttet å fokusere på overkroppen eller underkroppen.

Todo el largo de su cuerpo tuvo que salir de la cama.

Hele kroppen hans måtte forlate sengen.

Caer de esa manera debería proteger su cabeza, pensó.

Å falle slik burde beskytte hodet hans, tenkte han.

Había planeado levantar la cabeza cuando cayera al suelo.

Han hadde planlagt å heve hodet da han traff bakken.

La parte posterior de su cuerpo parecía lo suficientemente dura para el impacto.

Baksiden av kroppen hans virket hard nok for støtet.

Y la alfombra estaba allí para suavizar el aterrizaje.

Og teppet var der for å myke opp landingen.

Sin embargo, su mayor preocupación era el fuerte ruido.

Hans største bekymring var imidlertid den høye støyen.

El ruido estrepitoso asustaría a todos en la casa.

Krasjlyden ville skremme alle i huset.

Quizás no les daría miedo el ruido fuerte.

Kanskje de ikke ville være redde for den høye lyden.

Pero seguramente se preocuparían si oyeran eso.

Men de ville garantert bli bekymret hvis de hørte det.

Pero había que correr el riesgo de llamar la atención.

Men risikoen for å tiltrekke seg oppmerksomhet måtte tas.

El nuevo método era más un juego que un esfuerzo.

Den nye metoden var mer et spill enn en innsats.

Tuvo que balancear su cuerpo con movimientos bruscos y espasmódicos.

Han måtte vugge kroppen i brå og rykkete bevegelser.

Gregor ya estaba medio levantado de la cama.

Gregor hadde allerede kommet seg halvveis ut av sengen.

Ahora se le ocurrió una idea nueva.

Nå var det en ny tanke som nettopp slo ham.

"Todo sería tan fácil si alguien viniera en mi ayuda."

«Det hadde vært så lett om noen kom meg til unnsetning.»

"Dos personas fuertes serían suficientes."
«To sterke personer ville være helt tilstrekkelig.»
Su padre y la criada serían lo suficientemente fuertes.
Faren hans og tjenestepiken ville være sterke nok.
Sólo tendrían que deslizar los brazos bajo su espalda.
De måtte bare skyve armene under ryggen hans.
Y luego pudieron sacarlo fácilmente de la cama.
Og så kunne de lett skrelle ham ut av sengen.
Quizás habrían tenido que bajarle el peso poco a poco.
Kanskje de måtte ha gått sakte ned i vekt.
Ojalá entonces las piernas hubieran encontrado su propósito.
Forhåpentligvis hadde beina funnet sin hensikt da.
¿No sería mejor después de todo pedir ayuda?
«Ville det ikke vært bedre å tilkalle hjelp likevel?»
El problema, por supuesto, era que había cerrado las puertas.
Problemet var selvsagt at han hadde låst dørene.
Había algo en ese pensamiento que le hacía cosquillas.
Det var noe med tanken som kilte ham.
Y a pesar de sus dificultades, no pudo evitar esbozar una sonrisa.
Og til tross for vanskelighetene, klarte han ikke å undertrykke et smil.
Ya estaba cerca de perder el equilibrio.
Han var allerede nær ved å miste balansen nå.
Cada movimiento lo acercaba más a caerse de la cama.
Hver sving brakte ham nærmere det å velte av sengen.
Pronto tendría que tomar la decisión final.
Snart måtte han ta den endelige avgjørelsen.
En cinco minutos serían las siete y cuarto.
Om fem minutter skulle klokken være kvart over sju.
Mientras pensaba estos pensamientos, sonó el timbre.
Mens han tenkte disse tankene, ringte det på døren.
"Es alguien de la oficina", se dijo.
«Det er noen fra kontoret», sa han til seg selv.
Y casi se quedó paralizado de miedo ante la visita.
Og han frøs nesten til av frykt på grunn av den besøkende.

Sus piernas bailaron aún más salvajemente que antes.
Beina hans danset enda villere enn de hadde gjort før.
Pero luego, por un momento, todo quedó en silencio.
Men så, et øyeblikk, forble alt stille.
"No abrirán la puerta", se dijo Gregor.
«De vil ikke åpne døren», sa Gregor til seg selv.
Todavía estaba atrapado en una esperanza sin sentido.
Han var fortsatt fanget i et meningsløst håp.
Pero luego, por supuesto, la criada se dirigió a la puerta.
Men så gikk selvfølgelig hushjelpen til døren.
Y como siempre, le abrió la puerta al visitante.
Og som alltid åpnet hun døren for den besøkende.
A Gregor le bastó con oír el primer saludo del visitante.
Gregor trengte bare å høre den første hilsenen fra den
besøkende.
Pudo saber inmediatamente quién había venido a buscarlo.
Han kunne med en gang se hvem som hadde kommet etter
ham.
**El propio jefe de oficina había venido a ver cómo estaba
Samsa.**
Sjefskontorsjefen selv hadde kommet for å sjekke hvordan det
gikk med Samsa.
¿Por qué Gregor fue el único condenado a este destino?
Hvorfor var Gregor den eneste som ble dømt til denne
skjebnen?
¿Por qué sólo él tuvo que servir en tal organización?
Hvorfor måtte bare han tjenestegjøre i en slik organisasjon?
**El más mínimo descuido despertaba inmediatamente
sospechas.**
Den minste forglemmelse vekket umiddelbart mistanke.
**¿Todos los empleados que trabajaban allí eran unos
sinvergüenzas?**
Var alle de ansatte som jobbet der kjeltringer?
¿No había entre ellos ninguna persona fiel y devota?
Var det ingen trofast og hengiven person blant dem?
¿No podrían haber enviado simplemente un aprendiz?
Kunne de ikke bare ha sendt over en lærling?

¿Era realmente necesario todo este cuestionamiento?
Var all denne avhøringen virkelig nødvendig i det hele tatt?
¿El representante autorizado tenía que venir personalmente?
Måtte den autoriserte representanten komme selv?
¿Había que informar a toda la familia inocente?
Måtte hele den uskyldige familien bli informert?
Todas estas consideraciones impulsaron a Gregor a actuar.
Alle disse hensynene fikk Gregor til å handle.
Se levantó de la cama con todas sus fuerzas.
Han svingte seg ut av sengen med all sin kraft.
Se escuchó un fuerte estallido, pero no era realmente un ruido.
Det var et høyt smell, men det var egentlig ikke en lyd.
La caída había sido ligeramente suavizada por la alfombra.
Høsten hadde blitt litt myknet opp av teppet.
Su espalda era más elástica de lo que Gregor había pensado.
Ryggen hans var mer elastisk enn Gregor hadde trodd.
Así que el sonido era más apagado y no tan perceptible.
Så lyden var mer kjedelig, og ikke så merkbar.
Pero no había cuidado su cabeza durante la caída.
Men han hadde ikke tatt vare på hodet sitt under fallet.
Y cuando golpeó el suelo también se golpeó la cabeza.
Og da han traff bakken, slo han også hodet.
Se frotó la cabeza contra la alfombra con rabia y dolor.
Han gned hodet i teppet i sinne og smerte.
Pero el gerente de la habitación de al lado escuchó el ruido.
Men sjefen på rommet ved siden av hørte lyden.
"Algo cayó allí", observó correctamente.
«Noe falt ned der», observerte han riktig.
Gregor intentó imaginarse al gerente en su situación.
Gregor prøvde å forestille seg sjefen i sin situasjon.
"¿Podría pasarle lo mismo a él?" se preguntó.
«Kan det samme skje med ham?» lurte han på.
Aceptó que este extraño acontecimiento pudiera ser posible.
Han aksepterte at denne merkelige hendelsen kunne være mulig.

Y entonces el jefe de oficina dio unos pasos hacia la habitación.
Og så tok sjefskontoristen noen skritt mot rommet.
Fue casi una respuesta burda a la pregunta que hizo.
Det var nesten et grovt svar på spørsmålet han stilte.
Sus botas de cuero crujieron cuando se acercó a la puerta.
Skinnstøvlene hans knirket da han nærmet seg døren.
Desde la habitación de su derecha su criada le susurró:
Fra rommet til høyre for ham hvisket tjenestepiken hans til ham.
Gregor, el representante autorizado está aquí.
«Gregor, den autoriserte representanten er her.»
—Lo sé —dijo Gregor, pero sólo en voz baja, para sí mismo.
«Jeg vet det», sa Gregor, men bare stille for seg selv.
No se atrevió a levantar la voz por encima de un susurro.
Han turte ikke å heve stemmen over en hvisking.
Porque Gregor no quería que su hermana lo oyera.
Fordi Gregor ikke ville at søsteren hans skulle høre ham.
—Gregor —dijo el padre desde la habitación de la izquierda.
«Gregor», sa faren fra rommet til venstre.
"El gerente ha venido a comprobar cuál es el problema".
«Sjefen har kommet for å sjekke hva problemet er.»
"Él te preguntó por qué no saliste en el tren temprano."
«Han spurte hvorfor du ikke dro med det tidlige toget.»
"No sabemos qué decirle", dijo el padre.
«Vi vet ikke hva vi skal si til ham», sa faren.
"Por cierto, también quiere hablar contigo personalmente."
«Forresten, han vil også snakke med deg personlig.»
"Por favor, abre la puerta para que pueda hablar contigo."
«Vær så snill å åpne døren, slik at han kan snakke med deg.»
"Tendrá la amabilidad de disculpar el desorden en la habitación".
«Han vil være så snill å unnskylde rotet i rommet.»
"Buenos días, señor Samsa", le saludó el gerente.
«God morgen, herr Samsa», ropte bestyreren til ham.
Y ciertamente le habló de manera amistosa.
Og han snakket absolutt på en vennlig måte til ham.

"No está bien", le dijo la madre al gerente.

«Han har det ikke bra», sa moren til bestyreren.

"No se encuentra bien en absoluto, créame, querido gerente."

«Han har det ikke bra i det hele tatt, tro meg, kjære manager.»

¿Por qué si no, Gregor perdería el tren de la mañana?

«Hvorfor skulle Gregor ellers gå glipp av morgentoget?»

"El chico no tiene nada en la cabeza excepto el negocio."

«Gutten har ikke noe annet i tankene enn forretningene.»

"Casi me molesta que no haga nada más".

«Det irriterer meg nesten at han ikke gjør noe annet.»

"Me gustaría que saliera por las noches a tomar aire fresco".

«Jeg skulle ønske han gikk ut om kveldene for å få frisk luft.»

"Estuvo en la ciudad ocho días por negocios."

«Han var i byen i åtte dager i forretningsøyemed.»

"Pero él estaba en casa todas esas noches"

«Men så var han hjemme hver av disse kveldene»

"Se sienta en nuestra mesa y lee el periódico".

«Han sitter ved bordet vårt og leser avisen.»

"En otras ocasiones, estudia los horarios de los trenes."

«Andre ganger studerer han togenes rutetabeller.»

"A veces se mantiene ocupado con la carpintería".

«Noen ganger holder han seg opptatt med snekring.»

"Por ejemplo, talló un pequeño marco de madera para cuadros".

«For eksempel skar han ut en liten treramme med bilder.»

"Estuvo ocupado con la sierra durante dos o tres tardes".

«I løpet av to eller tre kvelder var han opptatt med sagen.»

"Te sorprenderá lo bonito que es el marco de fotos".

«Du vil bli overrasket over hvor pen bilderammen er.»

"Ha colgado el marco de fotos en su habitación."

«Han har hengt opp bilderammen på rommet sitt.»

"Cuando abra la puerta veréis su carpintería."

«Når han åpner døren, vil du se treverket hans.»

"Por cierto, me alegro de que esté aquí, señor Prokurist".

«Forresten, jeg er glad for at du er her, herr Prokurist.»

"Solos no habríamos podido lograr que Gregor abriera la puerta."

«Vi alene kunne ikke ha fått Gregor til å åpne døren.»

"Es muy terco", le confesó su madre al empleado.

«Han er så sta», innrømmet moren hans overfor ekspeditøren.

"Ciertamente está enfermo, aunque antes lo negó".

«Han er absolutt syk, selv om han har nektet for det tidligere.»

"Estaré allí enseguida", dijo Gregor lentamente y con cuidado.

«Jeg kommer straks», sa Gregor sakte og forsiktig.

Pero no hizo ningún movimiento hacia la puerta de la habitación.

Men han gjorde ingen bevegelse mot døren til rommet.

No quería perderse ni una palabra de la conversación.

Han ville ikke miste et ord av samtalen.

El secretario jefe estuvo de acuerdo con la evaluación de la madre.

Sjefssekretæren var enig i morens vurdering.

-Tampoco puedo explicarlo de otra manera, señora.

«Jeg kan heller ikke forklare det på noen annen måte, frue.»

"Esperemos que no tenga ninguna enfermedad grave", dijo.

«La oss alle håpe at han ikke har noen alvorlig sykdom», sa han.

"Por otro lado, es un peligro en nuestra industria".

«På den annen side er det en fare i vår bransje.»

"Nosotros, los empresarios, a menudo tenemos que superar el malestar."

«Vi forretningsfolk må ofte overvinne ubehag.»

"Los profesionales simplemente tienen que aguantar los dolores leves".

"Profesjonelle må bare presse seg gjennom små smerter."

Mientras tanto su padre volvió a llamar a la otra puerta.

I mellomtiden banket faren hans på den andre døren igjen.

"¿Puede entrar ahora el jefe de oficina?" quiso saber.

«Kan sjefssekretæren komme inn nå?» ville han vite.

"No, no puede", respondió Gregor a la pregunta de su padre.

«Nei, det kan han ikke», svarte Gregor på farens spørsmål.

Un silencio incómodo cayó en la habitación de la izquierda.

En pinlig stillhet senket seg i rommet til venstre.

En la habitación de la derecha la hermana comenzó a sollozar.

I rommet til høyre begynte søsteren å gråte.

¿Por qué la hermana no se había ido a estar con los demás?

Hvorfor hadde ikke søsteren gått for å være sammen med de andre?

Probablemente acababa de levantarse de la cama, pensó.

Hun hadde sikkert nettopp stått opp av sengen, tenkte han.

Es posible que ni siquiera haya empezado a vestirse todavía.

Hun har kanskje ikke engang begynt å kle på seg ennå.

Pero Gregor no podía entender por qué ella lloraba.

Men Gregor forsto ikke hvorfor hun gråt.

¿Fue porque no se levantó y dejó entrar al gerente?

Var det fordi han ikke reiste seg og slapp sjefen inn?

¿Fue porque estaba en peligro de perder su trabajo?

Var det fordi han var i fare for å miste jobben?

¿Podría el jefe venir a buscar a los padres como antes?

Kan sjefen komme etter foreldrene slik som før?

¿Iba a volver a hacerles las mismas exigencias de siempre?

Skulle han stille de gamle kravene til dem igjen?

Estas cosas probablemente no hacían que hubiera que preocuparse.

Disse tingene trengte man sannsynligvis ikke å bekymre seg for.

Por el momento no tenía motivos para llorar.

Foreløpig hadde hun ingen grunn til å gråte.

Gregor todavía estaba allí, manteniendo a la familia.

Gregor var fortsatt her og forsørget familien.

Y nunca tuvo intención de abandonar a la familia.

Og han hadde aldri noen intensjon om å forlate familien.

Por el momento, simplemente permaneció tendido sobre la alfombra.

Foreløpig lå han bare der på teppet.

La familia desconocía la condición en la que se encontraba.

Familien visste ikke hvilken tilstand han var i.

Si lo hubieran sabido no habrían animado a su jefe.

Hadde de visst det, ville de ikke ha oppmuntret sjefen hans.

Ni siquiera habrían dejado entrar al gerente a la casa.
De ville ikke engang ha sluppet bestyreren inn i huset.
No habría sido particularmente grosero rechazarlo.
Å avvise ham ville ikke vært spesielt frekt.
Fácilmente podría haber encontrado una excusa adecuada más tarde.
Han kunne lett ha funnet en passende unnskyldning senere.
No era algo por lo que lo hubieran podido despedir.
Det var ikke noe han kunne ha blitt sparket for.
Gregor pensó que ahora sería más sensato que lo dejaran solo.
Gregor følte at det ville være mer fornuftig å bli overlatt til seg selv nå.
Molestarlo con llantos y conversaciones no sirvió de mucho.
Å forstyrre ham med gråt og snakk oppnådde lite.
Pero fue la incertidumbre lo que molestó a los demás.
Men det var usikkerheten som plaget de andre.
Y fue esta incertidumbre la que justificó su comportamiento.
Og det var denne usikkerheten som unnskyldte oppførselen deres.
—¡Señor Samsa! —gritó el gerente en voz alta.
«Herr Samsa», ropte bestyreren med hevet stemme.
"¿Qué te pasa?" quiso saber.
«Hva skjer med deg?» ville han vite.
"Te has atrincherado en tu habitación."
«Du har barrikadert deg inne på rommet ditt.»
"Solo puedes responder con un 'sí' o un 'no'."
«Du svarer bare med enten et «ja» eller et «nei».»
"Estás causando serias preocupaciones a tus padres."
«Du forårsaker alvorlig bekymring for foreldrene dine.»
"No veo ninguna buena razón para preocuparlos".
«Jeg kan ikke se noen god grunn til at du skulle bekymre dem.»
"Hay otra cosa más que mencionaré de paso."
«Det er én ting til jeg vil nevne i forbifarten.»
"También estás descuidando tus obligaciones comerciales hacia nosotros".

«Du forsømmer også dine forretningsplikter overfor oss.»
"Esa irresponsabilidad está totalmente fuera de tu carácter".
«Slik uansvarlighet er helt utenfor din karakter.»
"Hablo aquí en nombre de tus padres y de tu jefe".
«Jeg snakker her på vegne av foreldrene dine og sjefen din.»
"Y os pido una explicación inmediata y clara."
«Og jeg ber deg om en umiddelbar og klar forklaring.»
"Todo esto realmente me sorprende, debo decir".
«Hele denne greia forbløffer meg virkelig, det må jeg si.»
"Pensé que te conocía como una persona tranquila y razonable."
«Jeg trodde jeg kjente deg som en rolig og fornuftig person.»
"Pero ahora nos estás mostrando un lado diferente de ti".
«Men nå viser du oss en annen side av deg selv.»
"De repente estás mostrando tus caprichos tan peculiares."
«Plutselig viser du dine helt særegne innfall.»
"Pero podría haber una explicación para tu fracaso".
«Men det kan finnes en forklaring på at du har mislyktes.»
"El jefe mencionó una deuda que usted había cobrado para nosotros."
«Sjefen nevnte en gjeld du hadde innkrevd for oss.»
"Le di al jefe mi palabra de honor en tu nombre".
«Jeg ga sjefen mitt æresord på dine vegne.»
"Pero ahora veo tu incomprensible terquedad."
«Men nå ser jeg din ubegripelige stahet.»
"Aún podría perder todo mi deseo de ayudarte."
«Jeg kan fortsatt miste all lyst til å hjelpe deg i det hele tatt.»
"Su seguridad laboral no es en absoluto totalmente estable".
«Jobbsikkerheten din er på ingen måte helt stabil.»
"Originalmente tenía la intención de contarte todo esto en privado".
«Jeg hadde opprinnelig tenkt å fortelle deg alt dette privat.»
"Pero ahora veo que quieres que pierda mi tiempo aquí".
«Men nå ser jeg at du vil at jeg skal kaste bort tiden min her.»
"Así que no veo ninguna razón por la que tus padres no deberían saberlo."

«Så jeg ser ingen grunn til at foreldrene dine ikke skal vite det.»

"Su desempeño reciente no ha sido satisfactorio."

«Din nylige prestasjon har ikke vært tilfredsstillende.»

"Reconozco que las ventas son más lentas en esta época del año".

«Jeg innrømmer at salget er lavere på denne tiden av året.»

"Pero no hay época del año en que no haya ventas".

«Men det finnes ingen tid på året uten salg.»

Por un momento Gregor olvidó todo lo que le rodeaba.

Et øyeblikk glemte Gregor alt rundt seg.

—¡Pero señor Prokurist! —gritó Gregor desesperado.

«Men herr Prokurist!» ropte Gregor fortvilet.

"Abriré la puerta enseguida, ahora mismo, no te preocupes."

«Jeg åpner døren med en gang, akkurat nå, ikke bekymre deg.»

"El problema es que me he estado sintiendo bastante mal."

«Problemet er at jeg har følt meg ganske dårlig.»

"Mi mareo me impidió llegar a la puerta."

«Svimmelheten min hindret meg i å komme meg til døren.»

"Todavía estoy en cama, pero me siento mucho mejor."

«Jeg ligger fortsatt i sengen, men jeg føler meg mye bedre.»

"Un momento por favor, me estoy levantando de la cama."

«Et øyeblikk, vær så snill, jeg står akkurat opp av sengen.»

"Un momento de paciencia es todo lo que pido, señor Prokurist."

«Et øyeblikks tålmodighet er alt jeg ber om, herr Prokurist.»

"No va tan bien como pensaba, pero estaré bien".

«Det går ikke så bra som jeg trodde, men det kommer til å gå bra.»

"¿Cómo puede sucederle algo así a una persona tan rápidamente?"

«Hvordan kan noe slikt skje med en person så raskt?»

"Me sentí bien anoche, mis padres lo saben."

«Jeg følte meg bra i går kveld, det vet foreldrene mine.»

"Pero quizá ya tuve una pequeña premonición entonces."

«Men kanskje jeg allerede hadde en liten forutanelse da.»

"Quizás te preguntes por qué no lo reporté en la oficina".
«Du lurer kanskje på hvorfor jeg ikke rapporterte det til kontoret.»
"Pensé que me sentiría mucho mejor por la mañana".
«Jeg trodde jeg ville føle meg mye bedre igjen i morgen.»
"Uno siempre piensa que para entonces ya habrá superado la enfermedad."
«Man tror alltid at de vil beseire sykdommen innen den tid.»
"¡Pero por favor! ¡Libera a mis padres de estas acusaciones!"
«Men vær så snill! Spar foreldrene mine for disse anklagene!»
"No me han dicho ni una palabra de lo que me contaste."
«Jeg har ikke fått høre et ord om hva du fortalte meg.»
"Puede que no hayas leído las últimas órdenes que envié".
«Du har kanskje ikke lest de siste ordrene jeg sendte ut.»
"Por cierto, no tienes que preocuparte por mí hoy."
«Forresten, du trenger ikke å bekymre deg for meg i dag.»
"Aun así voy a tomar el tren de las ocho."
«Jeg skal fortsatt ta toget klokken åtte.»
"Las pocas horas de descanso me han fortalecido bastante".
«De få timene med hvile har styrket meg nok.»
"Realmente no hay necesidad de esperar, gerente."
«Det er virkelig ikke nødvendig for deg å vente, sjef.»
"Yo también estaré en la oficina muy pronto."
«Jeg skal også snart være på kontoret selv.»
"Y por favor, ten la amabilidad de decirme algo bueno".
«Og vær så snill å legge inn et godt ord for meg.»
Gregor había pronunciado su explicación con bastante precipitación.
Gregor hadde gitt forklaringen sin ganske raskt.
Apenas sabía lo que realmente estaba tratando de decir.
Han visste knapt hva han egentlig prøvde å si.
Se acercó a la caja y trató de usarla para ponerse de pie.
Han gikk bort til esken og prøvde å bruke den til å reise seg.
Realmente tenía toda la intención de abrir la puerta.
Han hadde virkelig tenkt å åpne døren.
Quería ser visto por el representante autorizado.
Han ønsket å bli møtt av den autoriserte representanten.

Y quería resolver el problema con él personalmente.
Og han ønsket å løse problemet sammen med ham personlig.
Estaba ansioso por saber cómo reaccionarían los demás ante él.
Han var ivrig etter å vite hvordan de andre ville reagere på ham.
Ya deben estar ansiosos por ver cómo está.
De må nå også være ivrige etter å se hvordan han har det.
Había dos formas posibles en las que podían reaccionar ante él.
Det var to mulige måter de kunne reagere på ham.
Una posibilidad era que estuvieran asustados.
En mulighet var at de ville bli redde.
Si estaban asustados entonces él no tenía ninguna responsabilidad.
Hvis de var redde, hadde han ikke noe ansvar.
Y entonces no tendría que preocuparse por la situación.
Og da ville han ikke trenge å bekymre seg for situasjonen.
Pero también había otra posibilidad en la que pensar.
Men det var også en annen mulighet å tenke på.
Quizás aceptarían con calma su forma de ser.
Kanskje de rolig ville akseptere måten han var på.
Entonces Gregor tampoco tendría motivos para enojarse.
Da ville Gregor heller ikke ha noen grunn til å bli opprørt.
Todavía habría tiempo suficiente para coger el tren.
Det ville fortsatt være nok tid til å rekke toget.
Sin embargo, mantenerse en pie no fue una tarea fácil.
Det var imidlertid ikke på noen måte lett å stå oppreist.
En sus primeros intentos se resbaló de la caja.
På sine første forsøk skled han av boksen.
La caja era demasiado lisa para que él pudiera apoyarse contra ella.
Kassen var for glatt til at han kunne stå opp mot den.
Y finalmente se dio un último empujón para ponerse de pie.
Og til slutt ga han seg selv et siste dytt for å reise seg.
Ya no le prestó más atención al dolor en su abdomen.
Han brydde seg ikke lenger om smertene i magen.

No importaba cuánto dolor sintiera, él lo superaría.

Uansett hvor mye smerten var, ville han komme seg gjennom den.

Se dejó caer contra el respaldo de una silla cercana.

Han lot seg falle mot rygglenet på en stol i nærheten.

Y se agarró a los bordes con sus pequeñas piernas.

Og han holdt seg fast i kantene med de små beina sine.

En ese momento ya tenía más control de sí mismo.

På dette tidspunktet hadde han fått mer kontroll over seg selv.

Y su caída fue más silenciosa que la anterior.

Og fallet hans var stillere enn det forrige.

Porque tenía que escuchar lo que decía el gerente.

Fordi han måtte lytte til hva sjefen sa.

¿Entendieron algo de eso?, preguntó a los padres.

«Forsto dere noe av det?» spurte han foreldrene.

"No se burlaría de nosotros, ¿verdad?"

«Han ville vel ikke dumme oss ut?»

—¡Por Dios! —gritó la madre, ya llorando.

«For Guds skyld,» ropte moren, allerede gråtende.

"Puede que esté gravemente enfermo y lo estamos atormentando".

«Han kan være alvorlig syk, og vi plager ham.»

"¡Grete! ¡Grete!", le gritó a la hija.

«Grete! Grete!» skrek hun til datteren.

"¿Mamá?" llamó la hermana desde el otro lado.

«Mor?» ropte søsteren fra den andre siden.

Luego se comunicaron a través de la habitación de Gregor.

Så kommuniserte de gjennom Gregors rom.

Gregor está muy enfermo y necesita medicamentos.

«Gregor er veldig syk, og han trenger medisin.»

"Tendrás que ir al médico inmediatamente."

«Du må dra til legen umiddelbart.»

¿Escuchaste cómo habló Gregor hace un momento?

«Hørte du hvordan Gregor snakket nettopp?»

"Esa era la voz de un animal", dijo el gerente.

«Det var en dyrestemme», sa bestyreren.

Sus palabras eran silenciosas comparadas con los gritos de la madre.

Ordene hans var stille sammenlignet med morens skrik.

—¡Anna! ¡Anna! —llamó el padre desde la antesala.

«Anna! Anna!» ropte faren gjennom forværelset.

Y aplaudió para llamar su atención.

Og han klappet i hendene for å få oppmerksomheten deres.

"¡Llama a un cerrajero inmediatamente!" le ordenó a la criada.

«Få tak i en låsesmed med en gang!» beordret han hushjelpen.

Las muchachas, con sus faldas, corrían por la antesala.

Jentene, i skjørtene sine, løp gjennom forrommet.

Y sus faldas crujieron mientras corrían frente a su habitación.

Og skjørtene deres raslet mens de løp forbi rommet hans.

"¿Cómo se vistió la hermana tan rápido?" pensó.

«Hvordan klarte søsteren å kle på seg så fort?» tenkte han.

La puerta se abrió de golpe, pero no se cerró de golpe.

Døren ble revet opp, men den ble ikke smellt igjen.

Esto es común en los hogares donde ocurre una gran desgracia.

Dette er vanlig i hjem der det skjer en stor ulykke.

Pero todo esto había hecho que Gregor se volviera mucho más tranquilo.

Men alt dette hadde gjort Gregor mye roligere.

Cuando escuchó sus propias palabras le parecieron claras.

Da han hørte sine egne ord, virket de klare for ham.

De hecho, sintió que sus palabras habían sido más claras.

Faktisk følte han at ordene hans hadde vært klarere.

Pero los demás ya no entendían lo que decía.

Men de andre forsto ikke lenger hva han sa.

Quizás ya se había acostumbrado a sus oídos.

Kanskje han hadde blitt vant til ørene sine nå.

Pero al menos ahora entendían mejor su situación.

Men i det minste forsto de nå situasjonen hans bedre.

Se dieron cuenta de que realmente había algo mal con él.

De skjønte at det virkelig var noe galt med ham.

Y ahora estaban haciendo todo lo que podían para ayudarlo.
Og nå gjorde de alt de kunne for å hjelpe ham.
Esto le dio a Gregor una sensación de confianza que le faltaba.
Dette ga Gregor en følelse av selvtillit han manglet.
Y se sintió nuevamente mucho más seguro en la familia.
Og han følte seg mye tryggere igjen i familien.
Se sintió incluido nuevamente en el círculo humano.
Han følte at han igjen var inkludert i den menneskelige sirkelen.
Ahora tenía que esperar que el cerrajero pudiera abrir la puerta.
Nå måtte han håpe at låsesmeden kunne åpne døren.
Y esperaba que el médico pudiera realizar tales tareas.
Og han håpet at legen kunne utføre slike oppgaver.
Pronto tendría que hablar más.
Han måtte snart snakke mer igjen.
Su voz tendría que ser lo más clara posible.
Stemmen hans måtte være så klar som mulig.
Para prepararse para la reunión se aclaró la garganta.
For å forberede seg til møtet kremtet han.
Sin embargo, hizo todo lo posible para toser muy silenciosamente.
Han gjorde imidlertid sitt beste for å hoste bare veldig stille.
El ruido podría haber sonado diferente a una tos humana.
Lyden kan ha hørtes annerledes ut enn en menneskelig hoste.
Sabía que ya no podía diferenciar esas cosas.
Han visste at han ikke lenger kunne skille mellom slike ting.
En la habitación contigua reinaba un silencio absoluto.
I rommet ved siden av var det blitt helt stille.
Los padres probablemente estaban sentados a la mesa.
Foreldrene satt sannsynligvis ved bordet.
Quizás estaban susurrando con el gerente.
De kan ha hvisket med sjefen.
Quizás todos estaban apoyados en la puerta y escuchando.
Kanskje alle lente seg mot døren og lyttet.
Gregor empujó lentamente la silla hacia la puerta.

Gregor dyttet sakte stolen mot døren.

Empujó la puerta y se mantuvo en pie.

Han presset seg mot døren og holdt seg oppreist.

Se enteró de que las almohadillas de sus pies tenían un poco de pegamento.

Han lærte at føttene hans hadde litt lim.

Y descansó allí un momento del esfuerzo.

Og han hvilte der et øyeblikk etter anstrengelsen.

Después de descansar lo suficiente, comenzó con la siguiente tarea.

Etter å ha hvilt nok, begynte han på neste oppgave.

Empezó a girar la llave en la cerradura con la boca.

Han begynte å vri om nøkkelen i låsen med munnen.

Desafortunadamente, parecía que no tenía dientes reales.

Dessverre så det ut til at han ikke hadde noen faktiske tenner.

¿Pero qué otra forma tenía de conseguir las llaves?

Men hvilken annen måte hadde han å få tak i nøklene på?

Afortunadamente para él, sus mandíbulas eran, por supuesto, muy fuertes.

Heldigvis for ham var kjevene hans selvfølgelig veldig sterke.

Con la ayuda de sus mandíbulas realmente consiguió mover la llave.

Med hjelp av kjevene fikk han virkelig nøkkelen i gang.

No tenía ninguna duda de que él también se estaba haciendo daño.

Han var ikke i tvil om at han også skadet seg selv.

Porque de su boca salía un líquido marrón.

Fordi det kom en brun væske ut av munnen hans.

El líquido marrón fluyó sobre la llave y por la puerta.

Den brune væsken rant over nøkkelen og ned døren.

Pero a Gregorio no le importaba hacerse daño a sí mismo.

Men Gregor brydde seg ikke om at han skadet seg selv.

"¿Puedes oír eso?" dijo el gerente en la habitación de al lado.

«Hører du det?» sa bestyreren i rommet ved siden av.

"Está girando la llave", había notado el gerente.

«Han vrir om nøkkelen», hadde sjefen lagt merke til.

Estas palabras fueron un gran estímulo para Gregor.

Disse ordene var til stor oppmuntring for Gregor.

Pero el padre y la madre también deberían haber gritado:

Men faren og moren burde også ha ropt ut:

«¡Bien, Gregor!», deberían haberle gritado.

«Bra, Gregor», burde de ha ropt til ham.

"Sigue adelante, sigue girando esa llave, puedes lograrlo".

«Fortsett å gå, fortsett å vri om nøkkelen, du kan klare det.»

Pero Gregor tuvo que imaginarse su emoción.

Men i stedet måtte Gregor forestille seg begeistringen deres.

Apretó las mandíbulas con toda la fuerza que tenía.

Han knyttet kjevene sammen med all den kraften han hadde.

Y continuó girando la llave en la cerradura.

Og han fortsatte å vri på nøkkelen i låsen.

Dolorosamente su cuerpo se retorció en un círculo.

Smertefullt vred kroppen hans seg rundt i en sirkel.

Ahora se mantenía erguido únicamente con la boca.

Nå holdt han seg oppreist bare med munnen.

Para seguir girando la llave presionó contra la puerta.

For å fortsette å vri på nøkkelen presset han mot døren.

Finalmente el chasquido de la cerradura despertó de nuevo a Gregor.

Endelig vekket låsen Gregor igjen.

"Así que no necesité al cerrajero", suspiró aliviado.

«Så jeg trengte ikke låsesmeden», sukket han lettet.

Ahora sólo faltaba abrir la puerta que había desbloqueado.

Nå måtte han bare åpne døren han hadde låst opp.

Y con la cabeza en el pomo abrió la puerta.

Og med hodet på håndtaket åpnet han døren.

Estaba detrás de la puerta que daba a su habitación.

Han var bak døren, som åpnet inn til rommet hans.

Así que la puerta ya estaba abierta antes de que pudiera ser visto.

Så døren var allerede åpen før han kunne bli sett.

A continuación tuvo que maniobrar para rodear la puerta.

Deretter måtte han manøvrere seg rundt selve døren.

Este difícil movimiento también requirió mucho esfuerzo.

Denne vanskelige bevegelsen krevde også mye innsats.

No quería caer torpemente en la habitación contigua.
Han ville ikke falle klønete inn i naborommet.
Así que no tuvo tiempo de prestar atención a nada más.
Så han hadde ikke tid til å fokusere på noe annet.
Pero entonces oyó al jefe de oficina exclamar en voz alta: "¡Oh!".
Men så hørte han sjefskontoristen si et høyt «Å!»
Sonaba como si el viento corriera a través de la casa.
Det hørtes ut som vinden suste gjennom huset.
Resultó que él era el que estaba más cerca de la puerta.
Han var tilfeldigvis den som var nærmest døren.
Y al verlo, se llevó la mano a la boca.
Og nå, da han så ham, presset han hånden for munnen.
Se movió lentamente hacia atrás, alejándose de Gregor.
Han beveget seg sakte bakover, vekk fra Gregor.
Pero era como si una fuerza invisible actuara sobre él.
Men det var som om en usynlig kraft virket på ham.
Lo primero que hizo la madre fue mirar al padre.
Det første moren gjorde var å se på faren.
A pesar de la presencia del gerente, su cabello estaba despeinado.
Til tross for sjefens tilstedeværelse, var håret hennes rufsete.
Desplegó los brazos y dio dos pasos hacia adelante.
Hun strakte ut armene og tok to skritt fremover.
Pero entonces se desplomó en medio de su falda.
Men så kollapset hun midt i skjørtet.
Su vestido se extendió a su alrededor en el suelo.
Kjolen hennes spredte seg rundt henne på gulvet.
Y su cabeza desapareció sobre sus propios pechos.
Og hodet hennes forsvant ned på hennes egne bryster.
El padre apretó el puño con expresión hostil.
Faren knyttet neven med et fiendtlig uttrykk.
Parecía querer que Gregor fuera empujado de nuevo a su habitación.
Han så ut til å ville at Gregor skulle bli dyttet tilbake inn på rommet sitt.
Luego miró con incertidumbre alrededor de la sala de estar.

Så så han seg usikkert rundt i stuen.

Y finalmente se cubrió los ojos entre las manos.

Og til slutt dekket han øynene mellom hendene.

Y lloró amargamente hasta que su poderoso pecho se estremeció.

Og han gråt bitterlig til hans mektige bryst skalv.

Gregor en realidad no entró en su habitación.

Gregor gikk faktisk ikke inn på rommet deres i det hele tatt.

En lugar de eso, se apoyó contra el marco de la puerta.

I stedet lente han seg mot dørkarmen.

Para los que estaban desde fuera solo era visible la mitad de su cuerpo.

Bare halvparten av kroppen hans var synlig for de utenfor.

Y encima de su cuerpo estaba su cabeza, inclinada hacia un lado.

Og på toppen av kroppen hans lå hodet, vippet til siden.

Para entonces la luz se había vuelto mucho más brillante que antes.

Nå hadde lyset blitt mye sterkere enn før.

Ahora se podía ver claramente el otro lado de la calle.

Nå kunne man tydelig se den andre siden av gaten.

Apareció una sección del interminable y gris hospital.

En del av det endeløse, grå sykehuset åpenbarte seg.

La lluvia de la mañana aún no había parado del todo de caer.

Morgenregnet hadde ikke sluttet å falle helt ennå.

Pero ahora las gotas de lluvia eran más grandes y estaban más separadas.

Men nå var regndråpene større, og lenger fra hverandre.

Los platos del desayuno estaban en abundancia en la mesa.

Frokostrettene var på bordet i rikelig mengde.

El padre pensaba que el desayuno era la comida más importante.

Faren mente frokost var det viktigste måltidet.

El desayuno era una comida que se prolongaba durante horas.

Frokosten var et måltid han dro ut i timevis.

Y en esas horas leía los distintos periódicos.

Og i disse timene leste han de forskjellige avisene.

Justo en la pared opuesta colgaba una fotografía de Gregor.

Rett på den andre veggen hang et fotografi av Gregor.

La fotografía en la pared lo mostraba como teniente.

Fotografiet på veggen viste ham som løytnant.

Era una fotografía de su época en el ejército.

Det var et bilde fra tiden han tilbrakte i militæret.

Su mano estaba sobre su espada y tenía una sonrisa despreocupada.

Hånden hans var på sverdet, og han hadde et bekymringsløst smil.

Su postura y su uniforme exigían cierto respeto.

Holdningen og uniformen hans krevde en viss respekt.

La otra puerta que conducía a la antesala también estaba abierta.

Den andre døren som førte inn til forrommet var også åpen.

Y la puerta del apartamento todavía estaba abierta también.

Og døren inn til leiligheten var fortsatt åpen.

Se podía ver hasta el patio delantero del apartamento.

Man kunne se helt til leilighetens forgård.

Y luego las escaleras conducían a la calle de abajo.

Og så førte trappen ned til gaten nedenfor.

Gregor fue el único que mantuvo la compostura.

Gregor var den eneste som hadde beholdt fatningen.

Él vio esto, por lo que la conversación era su responsabilidad.

Han så dette, så samtalen var hans ansvar.

"Bueno, ahora me voy a vestir para ir a trabajar", dijo.

«Vel, nå skal jeg kle på meg til jobb», sa han.

"Después de haber empaquetado las muestras textiles, me iré."

«Etter at jeg har pakket tekstilprøvene, drar jeg.»

"¿Aún tiene intención de dispararme, señor Prokurist?"

«Har De fortsatt tenkt å sparke meg, herr Prokurist?»

"Como puedes ver, no soy tan terco como pensabas."

«Som du ser er jeg ikke så sta som du trodde.»

"Y puedes ver que después de todo me gusta trabajar".

«Og du kan se at jeg liker å jobbe tross alt.»
"Puedo admitir que viajar por trabajo no es fácil".
«Jeg kan innrømme at det ikke er lett å reise i
jobbsammenheng.»
"Pero también puedo aceptar que es parte de mi trabajo".
«Men jeg kan også akseptere at det er en del av jobben min.»
"Gerente, ¿adónde va? ¿De vuelta a la oficina?"
"Sjef, hvor skal du? Tilbake til kontoret?"
"¿Informarás verazmente de todo lo que has visto?'
"Vil du ærlig rapportere alt du har sett?"
"A veces sucede que uno no puede ir a trabajar."
«Noen ganger hender det at man ikke kan gå på jobb.»
"Este es el momento adecuado para recordar los logros
pasados".
«Det er riktig tidspunkt å minnes tidligere prestasjoner.»
"Después de eliminar la dificultad, uno trabaja aún mejor."
«Etter å ha fjernet vanskeligheten, fungerer man enda bedre.»
"Mi diligencia y concentración aumentarán".
«Min flid og konsentrasjon kommer til å øke.»
"Sabes muy bien que estoy en deuda con el jefe."
«Du vet godt at jeg står i gjeld til sjefen.»
"Pero también estoy preocupada por mis padres y mi
hermana".
«Men jeg er også bekymret for foreldrene mine og søsteren
min.»
"Estoy en una situación difícil, pero encontraré la manera de
salir de ella".
«Jeg er i en vanskelig situasjon, men jeg skal jobbe meg ut av
den.»
"No hagas esto más difícil de lo que ya es."
«Ikke gjør dette vanskeligere enn det allerede er.»
"Como compañeros de trabajo también tenemos que
ayudarnos unos a otros".
«Som kolleger må vi også hjelpe hverandre.»
"Sé que a los trabajadores de oficina no les gustan los
viajeros".
«Jeg vet at kontorarbeiderne ikke liker de reisende.»

"¿Crees que ganamos una fortuna y llevamos una buena vida?"

«Dere tror vi tjener en formue og lever et godt liv.»

"No tienen ningún motivo real para considerar sus prejuicios".

«De har ingen reell grunn til å vurdere fordommene sine.»

"Pero usted, oficial autorizado, tiene un papel diferente."

«Men du, autorisert tjenestemann, har en annen rolle.»

"Tienes una mejor visión general que el resto del personal".

«Du har bedre oversikt enn de andre ansatte.»

"De hecho, creo que probablemente tengas la mejor visión general".

«Faktisk tror jeg kanskje du har den beste oversikten.»

"Tienes una visión mejor que el propio jefe".

«Du har bedre oversikt enn sjefen selv.»

"Admito que el jefe hace el trabajo empresarial".

«Jeg innrømmer at sjefen gjør det entreprenørielle arbeidet.»

"Pero es fácil que sus juicios sean erróneos."

«Men det er lett å bli villedet av hans vurderinger.»

"Y estos pequeños errores de juicio pueden ser en nuestro detrimento".

«Og disse små feilvurderingene kan være til vår skade.»

"Ya sabes lo fácil que es hablar del viajero."

«Du vet hvor lett det er å snakke om den reisende.»

"Él no está allí para defender su reputación de los chismes".

«Han er ikke der for å forsvare sitt rykte mot sladder.»

"Esas acusaciones pueden fácilmente ser meras coincidencias".

«Disse anklagene kan lett bare være tilfeldigheter.»

"Muchas quejas ni siquiera tienen su base en ninguna verdad."

«Mange klager er ikke engang forankret i noen sannheter.»

"Está fuera de la oficina casi todo el año."

«Han er borte fra kontoret nesten hele året.»

¿Qué posibilidades tiene de defender su propia reputación?

«Hvilken sjanse har han til å forsvare sitt eget rykte?»

"Ni siquiera se entera de las acusaciones".

«Han får ikke engang høre om anklagene.»
"Se entera de lo que se ha dicho cuando ya es demasiado tarde."
«Han finner ut hva som har blitt sagt når det er for sent.»
A estas alturas ya está exhausto por el viaje del día.
«På det stadiet er han utslitt etter dagens reise.»
"De todos modos, tendrá que experimentar las terribles consecuencias".
«Han må uansett oppleve de forferdelige konsekvensene.»
"Aunque no tiene forma de entender el problema."
«Selv om han ikke har noen måte å forstå problemet på.»
"Oh, gerente, no se vaya sin decirme una palabra".
«Å, sjef, ikke gå uten å si et ord til meg.»
"Al menos dime que estás de acuerdo conmigo en parte."
«Si i det minste at du er delvis enig med meg.»
Pero el manager se había alejado de Gregor mucho antes.
Men bestyreren hadde vendt seg bort fra Gregor mye tidligere.
Su hombro se contrajo cuando volvió a mirar a Gregor.
Skulderen hans dirret da han så tilbake på Gregor.
Y no se quedó quieto ni un solo momento durante su discurso.
Og han sto ikke stille en eneste gang under talen.
Él había mirado a Gregor con los labios fruncidos.
Han hadde sett tilbake på Gregor med sammenknyttede lepper.
Se había ido retirando gradualmente hacia la puerta.
Han hadde gradvis trukket seg tilbake mot døren.
Pero tampoco podía apartar la mirada de Gregor.
Men han kunne heller ikke ta blikket fra Gregor.
Sintió como si hubiera una prohibición secreta de salir de la habitación.
Han følte at det var et hemmelig forbud mot å forlate rommet.
Pero a estas alturas ya estaba en el vestíbulo de entrada.
Men på dette stadiet var han allerede i entreen.
Y ahora hizo un movimiento repentino hacia la salida.
Og nå gjorde han en plutselig bevegelse mot utgangen.

Extendió su mano derecha hacia las escaleras.
Han strakte høyre hånd ut mot trappen.
Quizás una fuerza sobrenatural estaba esperando para salvarlo.
Kanskje en overnaturlig kraft ventet på å redde ham.
Gregor sabía que no podía permitir que se fuera así.
Gregor visste at han ikke kunne la ham dra slik.
El gerente no debe regresar con el mismo humor en el que estaba.
Manageren må ikke komme tilbake i det humøret han var i.
La seguridad del trabajo de Gregor estaba en grave peligro.
Gregors jobbsikkerhet var i stor fare.
Los padres no podían comprender plenamente todo esto.
Foreldrene kunne ikke helt forstå alt dette.
Con los años se habían acostumbrado a su seguridad laboral.
Gjennom årene hadde de vent seg til jobbsikkerheten hans.
Y se convencieron de que tenía el trabajo de por vida.
Og de var blitt overbevist om at han hadde jobben for livet.
En lugar de eso, se habían ocupado de otras preocupaciones.
I stedet hadde de blitt opptatt med andre bekymringer.
Pero estas preocupaciones les hicieron perder toda previsión.
Men disse bekymringene førte til at de mistet all fremsyn.
Gregor, sin embargo, no había perdido la previsión paterna.
Gregor hadde imidlertid ikke mistet foreldrenes fremsyn.
Alguien tenía que detener al representante autorizado.
Noen måtte stoppe den autoriserte representanten.
Iba a tener que calmarlo y convencerlo.
Han måtte roe ham ned og overbevise ham.
¡El futuro de Gregor y su familia dependía de ello!
Gregors og familiens fremtid avhengte av det!
Ojalá la inteligente hermana hubiera estado allí para ayudar.
Om bare den intelligente søsteren hadde vært her for å hjelpe.
Ella ya había llorado cuando Gregor todavía estaba en su habitación.
Hun hadde allerede grått da Gregor fortsatt var på rommet sitt.

En ese momento él simplemente yacía tranquilamente boca arriba.

På det tidspunktet lå han bare stille på ryggen.

Ella ya sabía entonces la importancia de la situación.

Hun visste allerede hvor viktig situasjonen var da.

El gerente tenía una debilidad bien conocida por las mujeres.

Sjefen hadde en kjent forkjærlighet for kvinner.

Ella fácilmente podría haberlo persuadido para que se quedara más tiempo.

Hun kunne lett ha overtalt ham til å bli lenger.

Ella habría cerrado la puerta y lo habría guiado adentro.

Hun ville ha lukket døren og ledet ham inn igjen.

Pero desafortunadamente la hermana había ido a buscar un médico.

Men dessverre hadde søsteren dratt for å hente en lege.

Así que Gregor no tuvo más remedio que hacerlo él mismo.

Derfor hadde Gregor ikke noe annet valg enn å gjøre det selv.

No había considerado cuáles eran realmente sus habilidades.

Han hadde ikke vurdert hva slags evner han egentlig hadde.

Y se había olvidado de desconfiar de su capacidad de hablar.

Og han hadde glemt å mistro sin egen evne til å snakke.

Pero aún así, abandonó la seguridad de su habitación.

Men likevel forlot han det trygge rommet sitt.

Y se abrió paso a través de la abertura de la habitación.

Og han presset seg gjennom åpningen i rommet.

El gerente ya estaba bajando las escaleras.

Sjefen var allerede på vei ned trappen.

Pero él se agarraba a la barandilla con ambas manos.

Men han holdt fast i rekkverket med begge hender.

Gregor se cayó mientras intentaba atravesar la puerta.

Gregor falt idet han presset seg gjennom døren.

Dejó escapar un pequeño grito mientras trataba de agarrar algo para apoyarse.

Han slapp ut et lite skrik mens han grep tak i støtten.

Pero en lugar de pánico, sintió un bienestar físico.

Men i stedet for panikk, følte han et fysisk velvære.

Por primera vez esa mañana algo se sintió bien.
For første gang den morgenen føltes noe riktig.
Todas sus piernas ahora tenían tierra sólida debajo de ellas.
Alle beina hans hadde nå fast grunn under seg.
Se sorprendió de lo bien que podía controlar sus piernas.
Han ble overrasket over hvor godt han klarte å kontrollere beina sine.
Se alegró de notar que sus piernas le obedecían completamente.
Han var glad for å merke at beina hans adlød ham fullstendig.
De hecho, sus piernas lo llevaban a donde quería.
Faktisk bar beina ham dit han ville.
Pronto todas sus penas estaban destinadas a llegar a su fin.
Snart skulle alle sorgene hans ta slutt.
Pero en ese mismo momento su propia madre saltó.
Men i samme øyeblikk hoppet hans egen mor opp.
Sus brazos estaban extendidos y sus dedos separados.
Armene hennes var utstrakt, og fingrene hennes var spredt.
Y ella gritó: "¡Socorro! ¡Por el amor de Dios, que alguien ayude!"
Og hun ropte: «Hjelp, for Guds skyld, noen må hjelpe!»
Ella inclinó la cabeza; quería ver mejor a Gregor.
Hun la hodet på skakke; hun ville se Gregor bedre.
Pero en contraposición a la primera acción, ella corrió hacia atrás.
Men som en sammentrekning til den første handlingen, løp hun tilbake.
Se había olvidado que la mesa estaba puesta detrás de ella.
Hun hadde glemt at bordet var dekket bak henne.
Todos los elementos para el desayuno todavía estaban en la mesa.
Alt til frokost var fortsatt på bordet.
Se sentó apresuradamente en la mesa, como distraída.
Hun satte seg raskt ned på bordet, som om hun var distrahert.
Y ella no pareció darse cuenta del café derramado.
Og hun så ikke ut til å legge merke til den sølte kaffen.
El café que ahora estaba empapando la alfombra.

Kaffen som nå trakk ned i teppet.

—Mamá, madre —dijo Gregor suavemente, mirándola.

«Mor, mor», sa Gregor lavt og så opp på henne.

Por el momento el manager no era importante para él.

For øyeblikket var ikke manageren viktig for ham.

Pero también estaba el café goteando sobre la alfombra.

Men det dryppet også kaffe ned på teppet.

Gregor no pudo resistirse a chasquear las mandíbulas al tomar el café.

Gregor kunne ikke motstå å knipse med kjevene mot kaffen.

La madre comenzó a llorar nuevamente por su comportamiento.

Moren begynte å gråte igjen på grunn av oppførselen hans.

Ella saltó de la mesa para distanciarse de él.

Hun hoppet ned fra bordet for å distansere seg fra ham.

Y ella corrió a los brazos del padre, buscando seguridad.

Og hun løp inn i farens armer, for sikkerhets skyld.

Pero Gregor ya no tenía tiempo que perder con sus padres.

Men Gregor hadde ikke tid til overs for foreldrene sine nå.

El oficial autorizado ya estaba en las escaleras.

Den autoriserte tjenestemannen var allerede på trappen.

Apoyó la barbilla en la barandilla para mirar dentro de la casa.

Han hadde haken på rekkverket for å se inn i huset.

Al parecer quería echar un último vistazo al espectáculo.

Tydeligvis ville han se opptoget et siste øyeblikk.

Y Gregor hizo un último esfuerzo para llegar hasta el gerente.

Og Gregor gjorde et siste forsøk på å nå sjefen.

Corrió hacia la puerta tan seguro como pudo.

Han løp mot døren så trygt som han kunne.

Pero el jefe de oficina debía de sospechar algo.

Men kontorsjefen må ha mistenkt noe.

Porque saltó varios escalones y desapareció.

Fordi han hoppet ned flere trinn og forsvant.

—¡Huh! —gritó Gregor, resonando en la escalera.

«Hhh!» ropte Gregor, og ekkoet gjennom trappeoppgangen.

La fuga del gerente también pareció confundir a su padre.
Sjefens flukt så også ut til å forvirre faren hans.
Hasta entonces había conseguido mantener la compostura.
Han hadde frem til da klart å holde seg ganske rolig.
Pero desgraciadamente él también perdió la compostura que había tenido.
Men dessverre mistet også han den fatningen han hadde hatt.
Lo que debería haber hecho es ayudar a Gregor en su persecución.
Det han burde ha gjort var å hjelpe Gregor i jakten hans.
Pero con una mano agarró el bastón del gerente.
Men han grep bestyrerens stokk i den ene hånden.
Y en la otra mano sostenía ahora un periódico.
Og i den andre hånden holdt han nå en avis.
Y ahora estorbó directamente a Gregor en su persecución.
Og han hindret nå direkte Gregor i hans forfølgelse.
Se había colocado entre Gregor y la calle.
Han hadde plassert seg mellom Gregor og gaten.
Golpeó el suelo con los pies y agitó el palo y el periódico.
Han stampet med føttene og viftet med pinnen og avisen.
Y él estaba forzando activamente a Gregor a regresar a su habitación.
Og han tvang aktivt Gregor tilbake inn på rommet sitt.
Ninguna de las peticiones que Gregor intentó hacer sirvió de algo.
Ingen av Gregors forespørsler hjalp.
Porque ninguna de las peticiones que hizo fue entendida.
Fordi ingen av forespørslene han kom med ble forstått.
Giró la cabeza hacia un ángulo más profundo y humilde.
Han snudde hodet mot en dypere, mer ydmyk vinkel.
Pero su padre respondió golpeando el suelo con más fuerza.
Men faren hans svarte ved å stampe enda hardere med føttene.
La madre abrió una ventana, a pesar del clima frío.
Moren åpnet et vindu, til tross for det kjølige været.
Y apretó su cara entre sus manos en el frío.
Og hun presset ansiktet i hendene i kulden.

El viento ahora podría pasar por todo el apartamento.

Vinden kunne nå passere gjennom hele leiligheten.

Una fuerte corriente de aire soplaba desde la escalera hacia el callejón.

Et sterkt trekk blåste fra trappen til smuget.

Las cortinas se agitaban a causa del fuerte viento.

Gardinene blafret rundt av den sterke vinden.

Y el periódico sobre la mesa crujió con el viento.

Og avisen på bordet raslet i vinden.

Incluso algunas hojas fueron arrastradas hasta el interior de la casa desde el exterior.

Til og med noen blader ble blåst inn i huset utenfra.

El padre pateaba y empujaba sin descanso.

Faren stampet med føttene og presset nådeløst.

Y silbaba y hacía ruidos como lo haría un hombre salvaje.

Og han hveste og lagde lyder slik en villmann ville gjort.

Pero Gregor aún no había practicado el caminar hacia atrás.

Men Gregor hadde ennå ikke øvd på å gå baklengs.

Incluso Gregor admitiría que este movimiento era mucho más lento.

Selv Gregor ville innrømme at denne bevegelsen var mye saktere.

Pero lo único que quería era la oportunidad de cambiar las cosas.

Alt han ønsket var imidlertid muligheten til å snu.

Entonces se habría ido directamente a su habitación.

Da ville han ha gått rett til rommet sitt.

Pero tenía demasiado miedo de impacientar a su padre.

Men han var for redd for å gjøre faren sin utålmodig.

Y allí estaba la amenaza de un golpe con el palo.

Og der var trusselen om et slag med stokken.

Un golpe así en la parte posterior de la cabeza podría ser fatal.

Et slikt slag mot bakhodet kan være dødelig.

Pero al final Gregor no tuvo otra opción.

Men til slutt hadde Gregor ikke noe annet valg.

Se dio cuenta de que ni siquiera podía caminar hacia atrás en línea recta.

Han innså at han ikke engang kunne gå baklengs rett frem.

Empezó a girar tan rápido como pudo.

Han begynte å snu seg så fort han klarte.

Pero en realidad este movimiento giratorio era igualmente lento.

Men i virkeligheten var denne snubevegelsen like langsom.

Y le siguieron las miradas ansiosas del padre.

Og han ble fulgt av farens engstelige blikk.

Quizás el padre notó las buenas intenciones de Gregor.

Kanskje faren la merke til Gregors gode intensjoner.

Porque no le impidió darse la vuelta.

Fordi han ikke forstyrret ham i å snu seg.

Incluso utilizó la punta de su bastón para guiar la rotación.

Han brukte til og med tuppen av pinnen sin til å styre rotasjonen.

¡Pero Gregor aún deseaba que su padre no le hubiera silbado!

Men Gregor skulle fortsatt ønske at faren ikke hadde hvest til ham!

El silbido sólo aumentó la confusión del momento.

Susingen økte bare forvirringen i øyeblikket.

Y luego cometió un error y giró en la dirección equivocada.

Og så gjorde han en feil og svingte i feil retning.

Al final logró encarar el camino correcto.

Til slutt klarte han endelig å møte det på riktig måte.

Y estaba satisfecho con el progreso que había logrado.

Og han var fornøyd med fremgangen han hadde gjort.

Pero entonces el siguiente problema se hizo aún más evidente.

Men så ble det neste problemet enda tydeligere.

Su cuerpo era demasiado ancho para pasar fácilmente por la puerta.

Kroppen hans var for bred til å passe lett gjennom døren.

En su estado actual el padre no se dio cuenta de esto.

I sin nåværende tilstand la ikke faren merke til dette.

Así que no se le ocurrió abrir más la puerta.
Så det falt ham ikke inn å åpne døren ytterligere.
Entonces habría habido suficiente espacio para Gregor.
Da ville det ha vært nok plass til Gregor.
Su única prioridad era conseguir que Gregor entrara a su habitación.
Hans eneste prioritet var å få Gregor inn på rommet sitt.
Habría tenido que ponerse de pie para poder pasar por la puerta.
Han måtte ha reist seg for å komme gjennom døren.
Pero el padre no hubiera permitido tal maniobra.
Men faren ville ikke ha tillatt en slik manøver.
De hecho, le estaba siseando aún más salvajemente que antes.
Faktisk hveste han mot ham enda villere enn før.
Sonaba como si más de un hombre le estuviera silbando.
Det hørtes ut som mer enn bare én mann som hveste til ham.
Sus demandas parecían tener una nueva urgencia detrás.
Det virket som om kravene hans hadde en ny hastverk bak seg.
Realmente ya no había más tiempo para perder el tiempo.
Det var virkelig ikke mer tid til å tulle nå.
Pasara lo que pasara, Gregor tenía que atravesar la puerta.
Uansett hva som skjedde, måtte Gregor komme seg gjennom døren.
Se abrió paso sin ningún respeto por sí mismo.
Han presset seg gjennom uten noen selvrespekt.
Un lado de su cuerpo fue empujado hacia arriba por el movimiento.
Den ene siden av kroppen hans ble tvunget oppover av bevegelsen.
Y él yacía torpe y torcido en el umbral de la puerta.
Og han lå klønete og skjevt mellom døråpningen.
Uno de sus flancos quedó en carne viva rozando la madera.
En av flankene hans var gnidd rå mot treverket.
Y había dejado feas manchas en la puerta pintada de blanco.
Og han hadde etterlatt stygge flekker på den hvitmalte døren.

Las piernas de uno de sus costados colgaban temblando en el aire.

Beina på den ene siden hans hang skjelvende i luften.

Sus otras piernas estaban presionadas dolorosamente contra el suelo.

De andre beina hans ble smertefullt presset ned i gulvet.

Pronto se quedaría atrapado completamente entre las puertas.

Snart kom han til å sitte helt fast mellom døren.

Y entonces no habría podido moverse en absoluto.

Og da ville han ikke ha vært i stand til å bevege seg i det hele tatt.

Pero el padre le dio un fuerte empujón realmente liberador.

Men faren ga ham et virkelig befriende, kraftig dytt.

Y cayó, sangrando profusamente, hasta el fondo de su habitación.

Og han falt, kraftig blødende, langt inn på rommet sitt.

El padre cerró la puerta tras de sí con su bastón.

Faren smalt igjen døren bak seg med stokken sin.

Y finalmente hubo algo de paz y tranquilidad nuevamente.

Og så ble det endelig litt fred og ro igjen.

Gregor no se despertó hasta mucho más tarde ese mismo día.

Gregor våknet ikke før mye senere på dagen.

Había anochecido; había dormido profundamente e inconscientemente.

Skumringen hadde falt på; han hadde sovet tungt og bevisstløst.

Se habría despertado incluso sin que nadie lo hubiera molestado.

Han ville ha våknet selv uten å bli forstyrret.

Porque se sentía suficientemente descansado y bien dormido.

Fordi han følte seg tilstrekkelig uthvilt og sov godt.

Pero le pareció oír unos pasos fugaces afuera.

Men han syntes han hørte noen flyktige skritt utenfor.

Y alguien podría haber cerrado cuidadosamente la puerta principal.

Og noen kan ha lukket inngangsdøren forsiktig.

La luz del tranvía eléctrico se reflejaba pálidamente en el techo.

Lyset fra den elektriske trikken lå blekt i taket.

La parte superior del mueble también recibió un poco de luz.

Toppen av møblene fikk også litt lys.

Pero allá abajo, a la altura de Gregor, estaba oscuro.

Men nede på bakken, på Gregors nivå, var det mørkt.

Sus piernas lo empujaron lentamente hacia la puerta nuevamente.

Beina hans dyttet ham sakte mot døren igjen.

Tenía mucha curiosidad por ver qué había sucedido allí.

Han var veldig nysgjerrig på å se hva som hadde skjedd der.

Pero su control de sus sensores aún no estaba desarrollado.

Men kontrollen hans over følene sine var ennå ikke utviklet.

Aunque empezó a apreciar estos nuevos sensores.

Selv om han begynte å sette pris på disse nye sensorene.

Una cicatriz larga y desagradable parecía recorrer su costado izquierdo.

Et langt, ubehagelig arr syntes å rane nedover venstre side hans.

La cicatriz parecía como si apretara ese lado de su cuerpo.

Arret føltes som om det strammet seg på den siden av kroppen hans.

Y entonces tuvo que cojear literalmente sobre sus dos filas de piernas.

Og dermed måtte han bokstavelig talt halte på sine to rader med bein.

Esa mañana una de sus piernas resultó gravemente herida.

Det ene beina hans hadde blitt alvorlig skadet den morgenen.

Realmente fue un milagro que no se hubiera roto más piernas.

Det var virkelig et mirakel at han ikke hadde brukket flere bein.

Y así arrastró sin vida su pierna herida.

Og slik dro han det skadde beinet livløst etter seg.

Cuando llegó a la puerta se dio cuenta de algo profundo.

Da han kom til døren, innså han noe dyptgripende.

Fue el olor de algo lo que lo atrajo hasta allí.

Det var lukten av noe som hadde lokket ham dit.

A Gregor le habían dejado algo comestible en su habitación.

Noe spiselig hadde blitt lagt igjen til Gregor på rommet hans.

Trozos de pan blanco flotando en un cuenco de leche dulce.

Biter av hvitt brød som flyter i en bolle med søt melk.

Apenas podía contener la alegría que había dentro de él.

Han klarte knapt å holde tilbake gleden som var inni ham.

Ahora tenía incluso más hambre que por la mañana.

Han var enda mer sulten nå enn han var i morges.

Inmediatamente sumergió su cabeza en el cuenco de leche.

Han dyppet straks hodet ned i melkeskålen.

La leche le salía casi por toda la cabeza, hasta los ojos.

Melken kom ut nesten hele hodet hans, opp til øynene.

Pero pronto echó la cabeza hacia atrás, amargamente decepcionado.

Men han trakk snart hodet tilbake, bittert skuffet.

Comer era difícil debido a su delicado lado izquierdo.

Det var vanskelig å spise på grunn av den skjøre venstresiden hans.

Y sólo podía comer jadeando con todo su cuerpo.

Og han kunne bare spise ved å pese med hele kroppen.

Pero esa no fue la verdadera razón de su decepción.

Men det var ikke den virkelige grunnen til skuffelsen hans.

La leche siempre había sido uno de sus platos favoritos.

Melk hadde alltid vært en av favorittrettene hans.

No tenía ninguna duda de que su hermana recordaba esto.

Han var ikke i tvil om at søsteren hans hadde husket dette.

Y esa fue la razón por la que le había dado leche.

Og det var grunnen til at hun hadde gitt ham melk.

No podía explicar por qué ahora no le gustaba la leche.

Han klarte ikke å forklare hvorfor han nå mislikte melk.

Y se apartó del cuenco casi con reticencia.

Og han snudde seg bort fra bollen nesten motvillig.

Decepcionado, se arrastró de nuevo hasta el centro de la habitación.

Skuffet krøp han tilbake til midten av rommet.

Desde allí pudo ver a través de la rendija de la puerta.

Her kunne han se gjennom sprekken i døren.

Pudo ver que el fuego en la sala de estar estaba encendido.

Han kunne se at peisen i stuen var tent.

Generalmente a esta hora el padre leía el periódico.

Vanligvis leste faren avisen på denne tiden.

Él siempre solía leerle a la madre en voz alta.

Han pleide alltid å lese for moren med hevet stemme.

A veces la hermana también escuchaba al padre.

Noen ganger lyttet også søsteren til faren.

Ella siempre le había contado a Gregor sobre esta lectura en voz alta.

Hun hadde alltid fortalt Gregor om denne høytlesningen.

Pero hoy no se oía ningún sonido en la habitación.

Men i dag kom det ingen lyd fra rommet.

Quizás este hábito ya había caído en desuso.

Kanskje denne vanen allerede var gått ut av praksis.
Un profundo silencio se había apoderado de todo el apartamento.
En dyp stillhet hadde senket seg over hele leiligheten.
Aunque sabía que el apartamento ciertamente no estaba vacío.
Selv om han visste at leiligheten absolutt ikke var tom.
«¡Qué vida tan tranquila lleva la familia!», pensó Gregor.
«For et stille liv familien lever», tenkte Gregor.
Y miró hacia la oscuridad con gran orgullo.
Og han stirret inn i mørket med stor stolthet.
Estaba orgulloso de la vida que había podido darles.
Han var stolt av livet han hadde klart å gi dem.
Estaba orgulloso del hermoso apartamento en el que vivían.
Han var stolt av den vakre leiligheten de bodde i.
¿Pero toda esta paz estaba a punto de tener un final terrible?
Men ville all denne freden få en forferdelig slutt?
¿Les iban a quitar su prosperidad?
Ville velstanden deres bli tatt fra dem?
¿Su satisfacción ahora era incierta en el futuro?
Var deres tilfredshet nå usikker i fremtiden?
Pero él no quería perderse en tales pensamientos.
Men han ville ikke fortape seg i slike tanker.
Para mantenerse ocupado se arrastraba arriba y abajo por las paredes.
For å holde seg opptatt krøp han opp og ned veggene.
Durante la larga velada una puerta estaba entreabierta.
I løpet av den lange kvelden ble én dør litt åpnet.
Y en otro momento la otra puerta se abrió un poquito.
Og en annen gang åpnet den andre døren seg litt.
Pero en ambas ocasiones las puertas se cerraron rápidamente de nuevo.
Men begge gangene ble dørene raskt lukket igjen.
Estaba claro que alguien de fuera tenía el deseo de entrar.
Det var tydelig at noen utenfra hadde lyst til å komme inn.
Pero también tenían demasiadas preocupaciones acerca de venir.

Men de hadde også for mange bekymringer rundt det å komme inn.

Gregor ahora se detuvo directamente en la puerta de la sala de estar.

Gregor stoppet nå rett ved stuedøren.

Estaba decidido a tentar de algún modo al indeciso visitante.

Han var fast bestemt på å på en eller annen måte friste den nølende besøkende.

Y también quería saber quién había sido el visitante.

Og han ville også vite hvem den besøkende hadde vært.

Pero aquella noche la puerta no se abrió una tercera vez.

Men den kvelden ble ikke døren åpnet en tredje gang.

Y Gregorio esperaba en vano junto a la puerta.

Og Gregor brukte tiden sin på å vente ved døren forgjeves.

Más temprano ese día todos querían entrar a la habitación.

Tidligere den dagen ville de alle komme inn i rommet.

Ahora que las puertas estaban desbloqueadas sería más fácil para ellos.

Nå som dørene var ulåste, ville det være enklere for dem.

Pero ellos prefirieron quedarse al otro lado de la habitación.

Men de valgte å bli på den andre siden av rommet.

Gregor se dio cuenta de que las llaves ya no estaban en sus cerraduras.

Gregor la merke til at nøklene ikke lenger satt i låsene.

Alguien debe haber movido las llaves a la cerradura exterior.

Noen må ha flyttet nøklene til den ytre låsen.

Sólo tarde por la noche se apagó la luz de la sala de estar.

Først sent på kvelden ble lyset i stuen slukket.

La familia debe haber permanecido despierta todo el tiempo.

Familien må ha holdt seg våken hele tiden.

Y Gregor podía oírlos claramente alejándose de puntillas.

Og Gregor kunne tydelig høre dem gå på tå av gårde.

Ahora nadie vendría a ver a Gregor hasta la mañana.

Nå skulle ingen komme til Gregor før om morgenen.

Así que tuvo mucho tiempo para sí mismo, para pensar sin interrupciones.

Så han hadde lang tid for seg selv, til å tenke uforstyrret.

¿Cuál sería la mejor manera de reorganizar su vida ahora?
Hva ville være den beste måten å omorganisere livet hans nå?
Pero las altas paredes de la habitación vacía lo asustaban.
Men de høye veggene i det tomme rommet skremte ham.
No le quedó más remedio que tumbarse en el suelo.
Han hadde ikke noe annet valg enn å legge seg flatt på
bakken.
Y nunca encontró la causa de su miedo en ese espacio.
Og han fant aldri årsaken til frykten sin i det rommet.
Era la misma habitación en la que había vivido durante
cinco años.
Det var det samme rommet han hadde bodd i i fem år.
Medio inconscientemente hizo un movimiento hacia el sofá.
Halvbevisst beveget han seg mot sofaen.
Y sin ninguna vergüenza se escondió debajo del sofá.
Og uten skam gjemte han seg under sofaen.
Allí abajo se sintió inmediatamente de nuevo muy a gusto.
Der nede følte han seg umiddelbart veldig komfortabel igjen.
A pesar de que tenía la espalda un poco presionada.
Til tross for at ryggen hans var litt presset.
Ya no podía levantar la cabeza debajo del sofá.
Han klarte heller ikke lenger å løfte hodet under sofaen.
Pero incluso esto lo prefería a estar en cualquier espacio
abierto.
Men selv dette foretrakk han å være i et hvilket som helst
åpent område.
Sin embargo, lamentó que su cuerpo fuera tan ancho.
Han angret imidlertid på at kroppen hans var så bred.
El sofá no podía cubrir completamente todo su cuerpo.
Sofaen kunne ikke dekke hele kroppen hans.
Se quedó debajo del sofá toda la noche.
Han ble liggende under sofaen hele natten.
La noche la pasó medio dormido, perturbado por el hambre.
Natten tilbrakte han halvveis i søvn, forstyrret av sult.
Y el tiempo que estaba despierto lo pasaba preocupado o
esperanzado.
Og tiden våken tilbrakte han enten med bekymring eller håp.

Pero todas sus vagas esperanzas llevaron a la misma conclusión.

Men alle hans vage håp førte til den samme konklusjonen.

No tuvo más remedio que permanecer en silencio por el momento.

Han hadde ikke noe annet valg enn å forholde seg stille for øyeblikket.

Tuvo que mostrar paciencia y consideración hacia la familia.

Han måtte vise tålmodighet og hensyn til familien.

Era la única manera de hacer soportable el inconveniente.

Det var den eneste måten å gjøre ulempene tålelige på.

Los inconvenientes que ahora estaba causando a la familia.

Ulempene han nå påtvang familien.

No tuvo que esperar mucho para demostrar su compasión.

Han trengte ikke å vente lenge på å bevise sin medfølelse.

Temprano por la mañana la hermana miró dentro de su habitación.

Tidlig om morgenen kikket søsteren inn på rommet hans.

Aunque en realidad era tan de noche como de mañana.

Selv om det egentlig var like mye natt som det var morgen.

Ella estaba completamente vestida y parecía mostrar entusiasmo.

Hun var fullt påkledd, og så ut til å vise begeistring.

La fuerza de su nueva decisión podría ser puesta a prueba.

Styrken i hans nylig tatte avgjørelse kunne bli satt på prøve.

Ella no lo encontró inmediatamente con su primera mirada.

Hun fant ham ikke umiddelbart ved første øyekast.

Tenía que estar en algún lugar, no podía haber volado.

Han måtte være et sted; han kunne ikke ha flydd vekk.

Pero entonces sus ojos hicieron un segundo recorrido por la habitación.

Men så sveipet blikket hennes over rommet et nytt øyeblikk.

Y esta vez vio su torso debajo del sofá.

Og denne gangen fikk hun øye på overkroppen hans under sofaen.

Estaba tan asustada que perdió todo el control de sí misma.

Hun var så redd at hun mistet all selvkontroll.

Y su primera reacción fue cerrar la puerta de golpe.

Og hennes første reaksjon var å smelle igjen døren.

Pero también pareció arrepentirse inmediatamente de su comportamiento.

Men hun virket også umiddelbart å angre på oppførselen sin.

Tan pronto como cerró la puerta de golpe, la abrió de nuevo.

Så snart hun smalt igjen døren, åpnet hun den igjen.

Y esta vez entró de puntillas en la habitación con cuidado.

Og denne gangen listet hun seg forsiktig inn i rommet.

Se movía como si estuviera visitando a una persona gravemente enferma.

Hun beveget seg som om hun besøkte en alvorlig syk person.

O tal vez estaba visitando a un completo desconocido.

Eller kanskje hun besøkte en helt fremmed.

Gregor empujó su cabeza casi hasta el borde del sofá.

Gregor presset hodet nesten helt ut til kanten av sofaen.

Y desde debajo de la caja fuerte la observaba en la habitación.

Og under safen så han på henne inne på rommet.

¿Se daría cuenta de que había dejado la leche?

Ville hun legge merke til at han hadde glemt melken?

No había dejado la leche por falta de hambre.

Han hadde ikke gitt opp melken fordi han ikke var sulten.

¿En lugar de eso le traería comida diferente?

Skulle hun heller gi ham annen mat?

Quizás un plato que se ajustara mejor a sus preferencias.

Kanskje en rett som passet hans preferanser bedre.

Pero ella misma habría tenido que notar su apetito.

Men hun måtte ha lagt merke til appetitten hans selv.

Preferiría morir de hambre antes que hacerle saber eso.

Han ville heller ha sultet enn å gjøre henne oppmerksom på det.

En realidad le habría gustado mucho decírselo.

Egentlig ville han veldig gjerne ha fortalt henne det.

Estuvo realmente tentado de disparar desde debajo del sofá.

Han var virkelig fristet til å skyte ut under sofaen.

Quería arrojarse a los pies de su hermana.

Han ville kaste seg ned for søsterens føtter.

Y quiso pedirle algo bueno para comer.

Og han ville be henne om noe godt å spise.

Pero entonces la hermana miró hacia el cuenco de leche.

Men så så søsteren bort på melkeskålen.

Inmediatamente se dio cuenta de que el cuenco todavía estaba lleno.

Hun la umiddelbart merke til at bollen fortsatt var full.

Le sorprendió bastante que Gregor no hubiera comido nada.

Hun ble ganske overrasket over at Gregor ikke hadde spist noe.

Sólo se había derramado un poco de leche en el suelo.

Bare litt melk hadde blitt sølt på gulvet.

Inmediatamente cogió el cuenco y lo sacó.

Hun plukket straks opp bollen og bar den ut.

Él vio que ella no recogió el cuenco con sus propias manos.

Han så at hun ikke løftet bollen med bare hendene.

En lugar de eso, recogió el cuenco con uno de los trapos.

I stedet plukket hun opp bollen med en av fillene.

Pero Gregor se olvidó muy rápidamente de este pequeño detalle.

Men Gregor glemte veldig raskt denne lille detaljen.

Ahora estaba mucho más entusiasmado por otra cosa.

Nå var han mye mer begeistret for noe annet.

¿Qué podría traer como reemplazo de la leche?

Hva kan hun ta med som erstatning for melken?

Tenía varios pensamientos sobre lo que ella podría traer.

Han hadde forskjellige tanker om hva hun kunne ta med seg.

Pero la bondad de su hermana superó sus expectativas.

Men søsterens vennlighet overgikk forventningene hans.

Se dio cuenta de que tenía que probar cuáles eran sus nuevos gustos.

Hun innså at hun måtte teste hva hans nye smak var.

Así que trajo toda una selección de alimentos diferentes.

Så hun hadde med seg et helt utvalg av forskjellig mat.

Verduras medio podridas, huesos de la cena.

Halvråtne grønnsaker, bein fra kveldsmåltidet.

Salsa solidificada de la otra comida que habían comido.

Stivnet saus fra det andre måltidet de hadde spist.

Unas pasas, unas almendras, pan seco, pan con mantequilla.

Noen rosiner, noen mandler, tørt brød, smørbrød.

Un poco de pan untado con mantequilla y también con sal.

Noe brød som hadde blitt smurt og saltet.

Queso que Gregor había declarado incomestible hacía dos días.

Ost som Gregor hadde erklært uspiselig for to dager siden.

Toda esta selección de comida fue colocada en un periódico.

Alt dette utvalget av mat ble plassert på en avis.

Y también colocó un recipiente con agua al lado de sus comidas.

Og hun satte også en bolle med vann ved siden av måltidene hans.

Ella sabía que Gregor no habría comido delante de ella.

Hun visste at Gregor ikke ville ha spist foran henne.

Entonces, por respeto hacia él, salió nuevamente de la habitación.

Så av respekt for ham forlot hun rommet igjen.

Y hasta giró la llave en la cerradura al salir.

Og hun vred til og med om nøkkelen i låsen da hun dro.

Pero ella giró la llave muy silenciosamente y con mucho cuidado.

Men hun vred om nøkkelen veldig stille og forsiktig.

De esta manera sólo Gregor sabría que la puerta estaba cerrada.

På denne måten ville bare Gregor vite at døren var låst.

Ahora podía ponerse tan cómodo como quisiera.

Nå kunne han gjøre det så komfortabelt som han ville.

Las piernas de Gregor zumbaban cuando llegó la hora de comer.

Gregors ben surret da det var på tide å spise.

Lo que vale la pena destacar es que ya no sentía ninguna molestia.

Verdt å merke seg er at han ikke lenger følte noe ubehag.

Sus heridas deben haber sanado ya por completo.

Sårene hans må allerede ha grodd helt.

Porque ya no sentía sus discapacidades anteriores.

Fordi han ikke lenger kjente igjen sine tidligere funksjonsnedsettelser.

Su nueva capacidad de curar lo sorprendió y lo asombró.

Hans nye evne til å helbrede overrasket og forbløffet ham.

Hace más de un mes se cortó el dedo con un cuchillo.

For over en måned siden kuttet han seg i fingeren med en kniv.

Hasta hace dos días esa herida todavía le dolía.

Inntil for to dager siden gjorde såret fortsatt vondt i ham.

"¿Soy mucho menos sensible ahora?" pensó para sí mismo.

«Er jeg mye mindre følsom nå?» tenkte han for seg selv.

Para entonces ya estaba chupando con avidez el queso.

Nå sugde han allerede grådig på osten.

Se sintió atraído por el queso más que por el resto de la comida.

Han ble mer tiltrukket av osten enn den andre maten.

Comió rápidamente un trozo de queso tras otro.

Han spiste raskt den ene ostebiten etter den andre.

Sus ojos se llenaron de lágrimas de satisfacción al probarlo.

Øynene hans tåret av tilfredshet over smaken.

Después del queso comió las verduras y la salsa.

Etter osten spiste han grønnsakene og sausen.

Sin embargo, la comida fresca no le sabía bien.

Den ferske maten smakte imidlertid ikke godt for ham.

De hecho, ni siquiera podía soportar el olor de la comida fresca.

Faktisk klarte han ikke engang å fordra lukten av fersk mat.

Incluso arrastró el resto de la comida lejos de la comida fresca.

Han dro til og med den andre maten bort fra den ferske maten.

Y muy rápidamente terminó la comida más comestible.

Og veldig raskt spiste han opp den mest spiselige maten.

Toda aquella deliciosa comida tuvo sobre él un efecto soporífero.

All den deilige maten hadde en søvndyssende effekt på ham.
Y él permaneció acostado perezosamente en el lugar donde había comido.
Og han lå dovent på stedet der han hadde spist.
Finalmente su hermana regresó para ver cómo estaba nuevamente.
Til slutt kom søsteren hans tilbake for å sjekke ham igjen.
Tuvo la previsión de girar la llave muy lentamente.
Hun hadde fremsynet til å vri om nøkkelen veldig sakte.
Esto le dio a Gregor una advertencia de que debía retirarse.
Dette ga Gregor en advarsel om at han burde trekke seg tilbake.
Aturdido y sobresaltado, se apresuró a volver debajo del sofá.
Forvirret og forskrekket skyndte han seg tilbake under sofaen.
Pero quedarse debajo del sofá no fue tan fácil esta vez.
Men det var ikke så lett å holde seg under sofaen denne gangen.
Su cuerpo se había vuelto un poco redondeado por tanta comida.
Kroppen hans hadde blitt litt rund av all maten.
Y tuvo que controlarse para no quedarse sin nada otra vez.
Og han måtte beherske seg for ikke å løpe ut igjen.
Aunque la hermana no permaneció mucho tiempo en la habitación.
Selv om søsteren ikke ble lenge på rommet.
Le costaba respirar en ese estrecho espacio.
Han slet med å puste under det trange rommet.
Pero él siguió adelante a pesar de los pequeños ataques de asfixia.
Men han presset seg gjennom de små kvelningsanfallene.
Con ojos desorbitados observaba las actividades de la hermana.
Med utstående øyne iakttok han søsterens aktiviteter.
La hermana desprevenida vertió todo en un balde.
Den intetanende søsteren helte alt i en bøtte.

Ella no sólo se deshizo de la comida que Gregor no había comido.

Hun ikke bare kastet bort maten Gregor ikke hadde spist.

Pero también se deshizo de la comida que él no había tocado.

Men hun kastet også bort maten han ikke hadde rørt.

Al parecer esa comida ya no era comestible para nadie.

Tydeligvis var ikke maten lenger spiselig for noen.

Luego cerró el cubo de comida con una tapa de madera.

Så lukket hun matbøtta med et trelokk.

Y con la comida, el balde y el trapeador, se fue.

Og med maten, bøtta og moppen dro hun.

Gregor no habría podido esperar mucho más tiempo.

Gregor ville ikke ha klart å vente mye lenger.

Tan pronto como ella se fue, él se escapó de debajo del sofá.

Så snart hun var borte, rømte han fra under sofaen.

Y se estiró y resopló aliviado.

Og han strakte seg ut og pustet lettet ut.

Así recibía Gregorio comida de vez en cuando.

Slik fikk Gregor mat fra nå av.

Su hermana le dio de comer una vez temprano en la mañana.

Søsteren hans ga ham mat én gang tidlig om morgenen.

A esta hora los padres y la criada todavía dormían.

På denne tiden sov foreldrene og hushjelpen fortsatt.

Y recibió una segunda comida después de que todos almorzaron.

Og han fikk et nytt måltid etter at alle hadde spist lunsj.

Porque en ese momento los padres también durmieron un rato.

Fordi på den tiden sov foreldrene også en stund.

Y la doncella fue enviada por su hermana a hacer algún recado.

Og tjenestepiken ble sendt bort av søsteren i et ærend.

Ciertamente no tenían intención de dejar morir de hambre a Gregor.

De hadde absolutt ingen intensjon om å sulte Gregor.

Pero tampoco hubieran querido verlo comer.

Men de ville ikke ha villet se ham spise heller.

Lo que mencionó la hermana fue suficiente información.

Det søsteren nevnte var nok informasjon.

Quizás era su manera de ahorrarles dolor a los padres.

Kanskje det var hennes måte å spare foreldrene for sorgen på.

Ya habían sufrido bastante por sus acciones.

De hadde allerede lidd nok av handlingene hans.

El primer día se iba convirtiendo poco a poco en un recuerdo lejano.

Den første dagen ble sakte men sikkert et fjernt minne.

Gregor no tenía forma de saber lo que pasó ese día.

Gregor hadde ingen mulighet til å vite hva som hadde skjedd den dagen.

¿Cómo fue guiado el cerrajero fuera del apartamento?

Hvordan ble låsesmeden guidet ut av leiligheten?

¿Con qué excusas quedó finalmente satisfecho el médico?

Med hvilke unnskyldninger ble legen til slutt fornøyd?

No había encontrado ningún modo de hacerse entender.

Han hadde ikke funnet noen måte å gjøre seg forståelig på.

Ni siquiera logró comunicarse con su hermana.

Han klarte ikke engang å kommunisere med søsteren sin.

Y entonces pensaron que no podía entenderlos.

Og derfor trodde de at han ikke kunne forstå dem.

Y por eso no se hizo ningún esfuerzo para hablar con él.

Og derfor ble det ikke gjort noen anstrengelser for å snakke med ham.

Su hermana entraba en su habitación todas las mañanas y a la hora del almuerzo.

Søsteren hans kom inn på rommet hans hver morgen og til lunsj.

Pero él tuvo que contentarse con escuchar sus suspiros.

Men han måtte nøye seg med å høre sukkene hennes.

Más tarde se acostumbró un poco más a la forma de Gregor.

Senere ble hun litt mer vant til Gregors form.

Y se sintió un poco más libre para hacer más comentarios.

Og hun følte litt mer frihet til å komme med flere bemerkninger.

(Aunque nunca se acostumbraría del todo a él.)

(Selv om hun aldri ville bli helt vant til ham.)

Y entonces Gregor se sintió nuevamente hablado un poco más.

Og så følte Gregor seg litt mer tiltalt igjen.

Y captó lo que percibió como comentarios amistosos.

Og han oppfattet det han oppfattet som vennlige kommentarer.

"Disfrutó su comida hoy" o "comió todo".

«Han likte maten i dag», eller «han spiste alt».

Pero eso fue sólo cuando hubo comido toda su comida.

Men det var først da han hadde spist opp all maten sin.

Pero últimamente esto se está volviendo cada vez menos frecuente.

Men i det siste har dette blitt mer og mer sjeldnere.

"Apenas tocaba la comida", decía ella con más frecuencia ahora.

«Han rørte nesten ikke maten sin», sa hun oftere nå.

Y había un toque de tristeza en su voz cada vez.

Og det var et snev av tristhet i stemmen hennes hver gang.

Gregor no pudo escuchar ninguna otra noticia más directamente.

Gregor kunne ikke høre noen andre nyheter mer direkte.

Pero escuchó muchas noticias de las habitaciones contiguas.

Men han overhørte mange nyheter fra de tilstøtende rommene.

Al oír voces corrió hacia la puerta correspondiente.

Da han hørte stemmer, løp han til den tilhørende døren.

Y apretó todo su cuerpo contra la puerta para escuchar.

Og han presset hele kroppen mot døren for å høre.

Todas las conversaciones le concernían de una manera u otra.

Alle samtalene angikk ham på en eller annen måte.

Incluso cuando el tema parecía ser sobre otra cosa.

Selv når temaet virket som om det handlet om noe annet.

Esta observación fue especialmente cierta en los primeros tiempos.

Denne observasjonen var spesielt sann i de tidlige dager.

Durante cada comida repetían la misma discusión.

Under hvert måltid gjentok de den samme diskusjonen.

Todavía no estaban seguros de cómo comportarse a su alrededor.

De var fortsatt usikre på hvordan de skulle oppføre seg rundt ham.

Pero el mismo tema también se discutió entre comidas.

Men det samme temaet ble også diskutert mellom måltidene.

Porque siempre había dos miembros de la familia en casa.

Fordi det alltid var to familiemedlemmer hjemme.

Nadie quería quedarse solo en la casa.

Ingen ville bo alene i huset.

Pero dejar el piso vacío tampoco era una opción.

Men å la leiligheten stå tom var heller ikke på tale.

La criada era la única que no estaba atada al apartamento.

Hushjelpen var den eneste som ikke var bundet til leiligheten.

Ella ya había pedido irse el primer día.

Hun hadde allerede bedt om å få dra den aller første dagen.

Ella se puso de rodillas y pidió que la despidieran.

Hun falt ned på kne og ba om å bli avvist.

La familia no sabía cuánto sabía realmente la criada.

Familien visste ikke hvor mye hushjelpen egentlig visste.

En ese momento ella no había visto más que nadie.

På det stadiet hadde hun ikke sett mer enn noen andre.

Lo sucedido todavía era un misterio para la familia.

Hva som hadde skjedd var fortsatt et mysterium for familien.

Pero un cuarto de hora después se despidió.

Men et kvarter senere tok hun farvel.

Y agradeció a la familia con lágrimas en los ojos.

Og hun takket familien med tårer i øynene.

Pero en realidad les agradeció por haberla liberado.

Men egentlig takket hun dem for at de hadde sluppet henne løs.

Parecían haberle mostrado la mayor bondad.

De så ut til å ha vist henne den største vennlighet.

Incluso hizo un juramento sin que se lo pidieran.

Hun avla til og med en ed, uten å bli bedt om å gjøre det.

Dijo que no le contaría a nadie lo que había sucedido.

Hun sa at hun ikke ville fortelle noen hva som hadde skjedd.

Ahora la hermana tenía que cocinar junto con su madre.

Nå måtte søsteren lage mat sammen med moren sin.

Pero esto realmente no era un gran inconveniente.

Men dette var egentlig ikke til stor ubehag.

Porque de todas formas los dos no comían casi nada.

Fordi de to spiste nesten ingenting uansett.

Gregor escuchó una y otra vez la misma conversación.

Gregor overhørte den samme samtalen igjen og igjen.

Una persona le decía a otra que tenía que comer más.

Den ene personen sa til den andre at de måtte spise mer.

Pero esa persona no recibió ninguna respuesta de la persona.

Men vedkommende fikk ikke noe svar fra vedkommende.

"Gracias, tengo suficiente", o algo similar.

«Takk, jeg har nok», eller noe lignende.

Quizás ya no bebían nada tampoco.

Kanskje de ikke drakk noe lenger heller.

La hermana a menudo le preguntaba a su padre si quería cerveza.

Søsteren spurte ofte faren sin om han ville ha øl.

Y ella misma se ofreció calurosamente a ir a buscar la cerveza.

Og hun tilbød seg varmt å hente ølet selv.

El padre siempre permanecía en silencio ante su petición.

Faren forble alltid taus på hennes anmodning.

Así que la hermana tuvo que encontrar una manera de eliminar cualquier duda.

Så måtte søsteren finne en måte å fjerne enhver tvil på.

Y ella dijo que enviaría a la criada a buscar algo de cerveza.

Og hun sa at hun skulle sende hushjelpen for å hente litt øl.

Pero entonces el padre finalmente dijo un gran y rotundo "no".

Men så sa faren endelig et stort rungende «nei».

Luego ya no se volvió a mencionar el tema de tomar una cerveza.

Så ble ikke temaet om at han skulle ta en øl nevnt lenger.

Ya había explicado anteriormente la situación financiera.

Han hadde allerede forklart den økonomiske situasjonen tidligere.

De hecho, mencionó las finanzas el primer día.

Faktisk nevnte han økonomien allerede den første dagen.

Les hizo saber perfectamente cuáles eran las perspectivas.

Han gjorde dem godt klar over hva utsiktene var.

Su propio negocio se había derrumbado hacía unos cinco años.

Hans egen virksomhet hadde kollapset for rundt fem år siden.

De vez en cuando se levantaba para abandonar la mesa.

Nå og da reiste han seg for å forlate bordet.

Y se dirigió a la caja registradora de su antiguo negocio.

Og han gikk til kassen i den gamle bedriften sin.

Había salvado la caja registradora por sentimentalismo.

Han hadde reddet kasseapparatet av sentimentalitet.

Gregor lo oyó abrir una cerradura pesada y complicada.

Gregor hørte ham låse opp en tung og komplisert lås.

Y sacó recibos y libros de la caja.

Og han tok ut kvitteringer og bøker fra kassen.

Después de tomar los objetos volvió a cerrar la caja fuerte.

Etter å ha tatt gjenstandene låste han pengeskassen igjen.

Gregor no había tenido buenas noticias desde su encarcelamiento.

Gregor hadde ikke hørt noen gode nyheter siden fengslingen.

Pensó que el negocio había llevado a la quiebra a su padre.

Han trodde bedriften hadde kjørt faren hans konkurs.

El padre seguramente le había dado esa impresión a Gregor.

Faren hadde utvilsomt gitt Gregor det inntrykket.

Y Gregor nunca le preguntó más sobre las finanzas.

Og Gregor spurte ham aldri mer om økonomien.

Gregor quería hacer todo lo posible para ayudar a la familia.

Gregor ville gjøre alt han kunne for å hjelpe familien.

Quería ayudarlos a olvidar la desgracia empresarial.

Han ville hjelpe dem å glemme den uheldige forretningssituasjonen.

La quiebra que provocó la desesperanza más completa.

Konkursen som førte til fullstendig håpløshet.

Así que empezó a trabajar con una pasión muy especial.

så han begynte å jobbe med en helt spesiell lidenskap.

Se había convertido en un vendedor ambulante casi de la noche a la mañana.

Han hadde blitt en reisende selger nesten over natten.

Antes de eso, sólo había trabajado como empleado con un salario bajo.

Før det hadde han bare jobbet som en lavtlønnet kontorist.

Ahora tenía oportunidades de ingresos completamente diferentes.

Nå hadde han helt andre inntjeningsmuligheter.

Las ventas exitosas podrían convertirse inmediatamente en efectivo.

Vellykket salg kunne umiddelbart konverteres til kontanter.

El dinero en efectivo, por supuesto, se paga con sus comisiones.

Pengene blir selvfølgelig utbetalt fra provisjonene hans.

Ahora Gregor podía poner dinero en la mesa familiar.

Nå kunne Gregor legge penger på familiebordet.

Y estaban asombrados y contentos con sus ganancias.

Og de var forbauset og glade over fortjenesten hans.

Pero esos tiempos hermosos no se repetirán nuevamente.

Men de vakre tidene vil ikke gjenta seg.

Apenas se habían acostumbrado a esos buenos tiempos.

De hadde så vidt vent seg til disse gode tidene.

Cada día de pago la familia aceptaba el dinero con gratitud.

Hver lønningsdag tok familien imot pengene med takknemlighet.

Y Gregor estaba igualmente feliz de entregar el dinero.

Og Gregor var like glad for å overlevere pengene.

Pero el cálido afecto que recibía a cambio fue muriendo lentamente.

Men den varme hengivenheten som ble gitt tilbake, døde sakte.

Sólo su hermana permaneció tan cerca de Gregor como antes.

Bare søsteren hans forble Gregor like nær som før.

Ella, a diferencia de Gregor, tenía un profundo aprecio por la música.

Hun, i motsetning til Gregor, hadde en dyp forståelse for musikk.

Y ella sabía tocar el violín de una manera muy conmovedora.

Og hun visste hvordan hun skulle spille fiolin veldig rørende.

Gregor planeó en secreto enviarla a la escuela de música.

Gregor planla i hemmelighet å sende henne på musikkskole.

Aún no había decidido cómo pagaría los gastos.

Han hadde ennå ikke bestemt seg for hvordan han skulle betale utgiftene.

Pero de una forma u otra cubriría los costos.

Men på en eller annen måte skulle han dekke kostnadene.

De vez en cuando Gregor y su familia hacían pequeños viajes.

Av og til dro Gregor og familien på korte turer.

Gregor y su hermana abordaron este tema con frecuencia.

Gregor og søsteren tok ofte opp temaet.

Pero sólo se mencionó como una idea maravillosa.

Men det ble bare nevnt som en fantastisk idé.

Realmente no creían que el sueño pudiera realizarse.

De trodde egentlig ikke at drømmen kunne bli virkelighet.

Y a los padres no les gustaban esas ambiciones fantasiosas.

Og foreldrene likte ikke slike fantasifulle ambisjoner.

Incluso cuando el tema se planteó de manera muy inocente.

Selv når temaet ble tatt opp svært uskyldig.

Pero Gregor seguía pensando en la escuela de música.

Men Gregor fortsatte å tenke på musikkskolen.

Y tenía pensado anunciar el regalo en Nochebuena.

Og han planla å annonsere gaven på julaften.

Por supuesto, en su estado actual sería imposible.

Selvfølgelig ville det være umulig i hans nåværende tilstand.

Pero ese tipo de pensamientos pasaban por su cabeza.

Men slike tanker fór gjennom hodet hans.

Y tenía estos pensamientos mientras escuchaba a la familia.

Og han hadde slike tanker mens han lyttet til familien.

A veces se cansaba demasiado para seguir escuchándolos.

Til tider ble han for sliten til å fortsette å høre på dem.

Su cabeza cayó contra la puerta por el cansancio.

Hodet hans falt mot døren av tretthet.

Pero inmediatamente volvió a apoyar la cabeza contra la puerta.

Men han satte straks hodet mot døren igjen.

Porque incluso el ruido más leve se podía oír afuera.

Fordi selv den minste lyd kunne høres utenfra.

Y cualquier ruido que hacía hacía que la familia se quedara en silencio.

Og enhver lyd han lagde ville gjøre familien stille.

"¿Qué está haciendo ahora?" preguntó el padre a la familia.

«Hva gjør han nå?» spurte faren familien.

Y fue a la puerta para comprobar qué era aquel ruido.

Og han gikk til døren for å sjekke hva lyden var.

Y luego la conversación interrumpida se reanudó gradualmente.

Og så gjenopptok den avbrutte samtalen seg gradvis.

Pero lo que dijo el padre sorprendió positivamente a todos.

Men det faren sa overrasket alle positivt.

Gregor ahora conoció la verdadera situación de las finanzas.

Gregor fikk nå vite den virkelige situasjonen med finansene.

A pesar de todas las desgracias, hubo algo de buena suerte.

Til tross for alle uhellene, var det litt flaks.

Aún quedaba allí una muy pequeña fortuna de los viejos tiempos.

En liten formue fra gamle dager var fortsatt der.

El padre explicó las cosas, pero tuvo que repetirlas.

Faren forklarte ting, men måtte gjenta seg selv.

Porque hacía tiempo que no se ocupaba de estas cosas.

Fordi han ikke hadde tatt seg av disse tingene på en stund.

Y porque la madre no entendía tales cosas.

Og fordi moren ikke forsto slike ting.

Los tipos de interés del banco habían subido un poco.

Rentene fra banken hadde gått opp litt.

El dinero intacto había aumentado más de lo esperado.

De urørte pengene hadde økt mer enn forventet.

Además Gregor siempre les había dado sus ahorros.

I tillegg hadde Gregor alltid gitt dem sparepengene sine.

Sólo había conservado unos pocos florines para sí.

Han hadde bare beholdt noen få gylden selv.

Y su dinero aún no se había agotado por completo.

Og pengene hans var heller ikke helt brukt opp.

En conjunto, este dinero se había acumulado hasta formar un pequeño capital.

Til sammen hadde disse pengene akkumulert til en liten kapital.

Gregor, detrás de su puerta, asintió con entusiasmo ante la noticia.

Gregor, bak døren sin, nikket ivrig til nyhetene.

Le agradó esta inesperada cautela y frugalidad.

Han var fornøyd med denne uventede forsiktigheten og sparsommeligheten.

Los fondos sobrantes podrían haberse utilizado para pagar la deuda.

Overskuddsmidlene kunne ha blitt brukt til å betale ned gjelden.

Entonces ya no le deberían nada al patrón.

Da ville de ikke ha skyldt sjefen noe lenger.

Y Gregor podría haber cambiado de trabajo mucho antes.

Og Gregor kunne ha flyttet til en ny jobb mye tidligere.

Pero ahora la manera como el padre lo dispuso estaba mucho mejor.

Men måten faren ordnet det på var mye bedre nå.

El dinero no era suficiente para vivir de los intereses.

Pengene var ikke helt nok til å leve av rentene.

Y había que reservar algo de dinero para emergencias.

Og det måtte settes av litt penger til nødsituasjoner.

Sólo habría sido suficiente dinero para uno o dos años.

Det ville bare ha vært nok penger for et år eller to.

Esto significaba que alguien tenía que ganar dinero para que pudieran vivir.

Dette betydde at noen måtte tjene penger for å kunne leve.

El padre no estaba enfermo y era bastante fuerte.

Faren var ikke usunn, og han var sterk nok.

Pero llevaba más de cinco años sin trabajo.

Men han hadde vært arbeidsledig i over fem år.

Y, debido a su edad, le quedaba poca confianza en sí mismo.

Og på grunn av alderen hadde han lite selvtillit igjen.

También había engordado mucho en los últimos tiempos.

Han hadde også lagt på seg mye i vekt i det siste.

Su vida siempre había sido ardua y sin éxito.

Livet hans hadde alltid vært slitsomt og mislykket.

Y éstas habían sido las primeras vacaciones que había tenido.

Og dette hadde vært den første ferien han noensinne hadde hatt.

Y sin estar ocupado se había vuelto bastante torpe.

Og uten å bli holdt opptatt var han blitt ganske kiønete.

¿Sería mejor si la anciana madre ganara el dinero?

Ville det vært bedre om den gamle moren tjente pengene?

La anciana madre que sufría de asma.

Den gamle moren som hadde lidd av astma.

La anciana madre que luchaba por subir las escaleras.

Den gamle moren som slet med å gå opp trappene.

La anciana madre que pasaba el tiempo tumbada en el sofá.

Den gamle moren som tilbrakte tiden sin liggende på sofaen.

La anciana madre que prefería quedarse junto a la ventana.

Den gamle moren som foretrakk å bli ved vinduet.

Para poder recuperar el aliento cuando lo necesitara.

Slik at hun kunne få pusten igjen når hun trengte det.

¿Sería mejor si la hermana joven ganara el dinero?

Ville det vært bedre om den yngre søsteren tjente pengene?

La hermana, que a sus diecisiete años era todavía apenas una niña.

Søsteren, som sytten år gammel, fortsatt bare var et barn.

La hermana que sólo tuvo unos pocos placeres modestos.
Søsteren som bare hadde noen få beskjedne gleder.
La hermana a quien le gustaba principalmente tocar el violín.
Søsteren som hovedsakelig likte å spille fiolin.
Ella sabía que su anterior forma de vida era muy envidiable;
Hun visste at hennes tidligere levesett var svært misunnelsesverdig;
Vestirse bien, levantarse tarde, ayudar en la casa.
Kle seg pent, stå opp sent, hjelpe til i huset.
La conversación a menudo giraba en torno a la necesidad de ganar dinero.
Samtalen dreide seg ofte om behovet for å tjene penger.
Gregor siempre era el primero en soltar la puerta.
Gregor var alltid den første til å slippe døren.
La conversación lo puso caliente de vergüenza y dolor.
Samtalen gjorde ham het av skam og sorg.
Entonces se dejó caer en el refrescante sofá de cuero.
Så kastet han seg ned i den kjølige skinnsofaen.
Y a menudo pasaba el resto de la noche en el sofá.
Og han tilbrakte ofte resten av natten på sofaen.
Nunca durmió realmente en el sofá, ni tampoco por la noche.
Han sov egentlig aldri i sofaen, og heller ikke om natten.
A menudo, simplemente se quedaba rascando el cuero durante horas y horas.
Ofte bare klødde han i læret i timevis.
Otras veces empujaba el sillón hacia la ventana.
Andre ganger dyttet han lenestolen bort til vinduet.
Esto solo requirió un gran esfuerzo de su parte.
Dette alene krevde en stor innsats fra hans side.
El sillón le ayudó a subirse al alféizar de la ventana.
Lenestolen hjalp ham å krype opp på vinduskarmen.
Y desde allí pudo apoyarse en la ventana.
Og derfra kunne han lene seg mot vinduet.
Solía sentir una gran sensación de libertad al hacer esto.
Han pleide å føle en stor frihetsfølelse ved å gjøre dette.
Quizás estaba buscando algún viejo sentimiento liberador.

Kanskje han lette etter en gammel, befriende følelse.
Pero su visión no era tan nítida como solía ser.
Men synet hans var ikke så skarpt som det pleide å være.
Las cosas a cierta distancia se veían borrosas e indistintas.
Ting på litt avstand var uskarpe og utydelige.
Ya no podía ver el hospital al otro lado de la calle.
Han kunne ikke lenger se sykehuset på den andre siden av veien.
Antes había maldecido la vista, ahora quería verla.
Før hadde han forbannet utsikten, nå ville han se den.
Sabía que vivía en la tranquila y urbana Charlottenstrasse.
Han visste at han bodde i den stille, urbane Charlottenstrasse.
Pero podría haber pensado que estaba mirando el desierto.
Men han trodde kanskje han kikket inn i ørkenen.
Un páramo donde el cielo gris y la tierra gris se fusionaban.
Et ødemark der grå himmel og grå jord smeltet sammen.
La atenta hermana notó dos veces que la silla se había movido.
To ganger la den oppmerksomme søsteren merke til at stolen hadde flyttet seg.
Después de ordenar, empujó la silla hacia la ventana.
Etter å ha ryddet, dyttet hun stolen tilbake mot vinduet.
Y a partir de ahora incluso dejó la ventana abierta.
Og fra nå av lot hun til og med vindusrammen stå åpen.
Gregor realmente hubiera deseado poder hablar con su hermana.
Gregor skulle virkelig ønske at han kunne ha snakket med søsteren sin.
Quería agradecerle por todo lo que hizo por él.
Han ville takke henne for alt hun gjorde for ham.
Entonces habría tolerado más fácilmente sus servicios.
Da ville han lettere ha tolerert tjenestene deres.
Pero tal como estaban las cosas, él sufrió por su ayuda.
Men slik det var, led han av at hun hjalp ham.
La hermana, por supuesto, intentó disimular la vergüenza.
Søsteren prøvde selvfølgelig å tilsløre forlegenheten.

**Y ella hizo todo lo posible para fingir que no se sentía
agobiada.**

Og hun gjorde sitt beste for å late som hun ikke følte seg
tynget.

Por supuesto, esto es algo que tenía que practicar primero.

Dette var selvsagt noe hun måtte øve på først.

Y cuanto más tiempo pasaba, mejor lo hacía.

Og jo mer tid gikk, desto bedre ble hun på det.

**Pero a Gregor también se le dio más tiempo para ver su
pretensión.**

Men Gregor fikk også mer tid til å se hennes facade.

Incluso su entrada a su habitación fue una prueba para él.

Selv hennes inntreden på rommet hans var en prøvelse for
ham.

Tan pronto como entró, corrió directamente a la ventana.

Så snart hun kom inn, løp hun rett bort til vinduet.

Ni siquiera se tomó el tiempo de cerrar la puerta.

Hun tok seg ikke engang tid til å lukke døren.

**Normalmente ella evitaba que todos vieran la habitación de
Gregor.**

Vanligvis sparte hun alle for å se Gregors rom.

Y abrió la ventana de golpe con manos apresuradas.

Og hun rev opp vinduet med hastige hender.

Luego volvió a respirar como si se estuviera asfixiando.

Så pustet hun igjen som om hun hadde holdt på å bli kvalt.

El aire que entraba era frío y ella respiraba profundamente.

Luften som kom inn var kald, og hun pustet dypt.

Pero aún así se quedó junto a la ventana por un rato.

Men likevel ble hun værende ved vinduet en stund.

Con esta rutina asustaba a Gregor dos veces al día.

Hun skremte Gregor to ganger om dagen med denne rutinen.

**Mientras ella estaba en la habitación él temblaba debajo del
sofá.**

Mens hun var inne på rommet, skalv han under sofaen.

**Él sabía que a ella le habría gustado ahorrarle esa terrible
experiencia.**

Han visste at hun gjerne ville spart ham for prøvelsen.

Pero ella no podía estar en la habitación con la ventana cerrada.

Men hun kunne ikke være på rommet med vinduet lukket.

Hubo una ocasión en que ella llegó un poco antes.

Det var én gang hun kom litt tidligere.

Probablemente alrededor de un mes después de la transformación de Gregor.

Sannsynligvis omtrent en måned etter Gregors forvandling.

Ella se había acostumbrado un poco a su nueva apariencia.

Hun hadde blitt litt vant til hans nye utseende.

Así que ya no tenía por qué estar particularmente sorprendida.

Så hun hadde ingen grunn til å være spesielt sjokkert lenger.

Ella lo encontró todavía mirando por la ventana, inmóvil.

Hun fant ham fortsatt stirrende ut av vinduet, ubevegelig.

Estaba en el lugar más horrible en el que podría haber estado.

Han var på det verste stedet han kunne ha vært.

No le habría sorprendido si ella no hubiera entrado.

Han ville ikke blitt overrasket om hun ikke hadde kommet inn.

Donde le impidió abrir la ventana.

Der han hindret henne i å åpne vinduet.

Ella salió rápidamente de la habitación y cerró la puerta.

Hun forlot raskt rommet igjen og lukket døren.

Un extraño podría haber llegado a todo tipo de conclusiones.

En fremmed kunne ha kommet til alle slags konklusjoner.

Quizás sólo estaba esperando la oportunidad de morderla.

Kanskje han bare ventet på sjansen til å bite henne.

Gregor, por supuesto, se escondió inmediatamente debajo del sofá.

Gregor gjemte seg selvfølgelig umiddelbart under sofaen.

Pero tuvo que esperar hasta el mediodía para que su hermana regresara.

Men han måtte vente til middag før søsteren hans kom tilbake.

Y ella parecía mucho más inquieta que de costumbre.

Og hun virket mye mer rastløs enn sitt vanlige jeg.

Se dio cuenta de que verlo todavía era insoportable.
Han innså at synet av ham fortsatt var uutholdelig.
Verlo seguiría siendo insoportable para ella.
Synet av ham ville forbli uutholdelig for henne.
Probablemente no podría soportar ver ninguna parte de él.
Hun orket sannsynligvis ikke å se noen del av ham.
Siempre sobresalía una pequeña parte de debajo del sofá.
En liten del stakk alltid ut under sofaen.
Un día llevó una sábana sobre su espalda hasta el sofá.
En dag bar han et laken på ryggen til sofaen.
Quería evitar que ella viera cualquier parte de él.
Han ville skåne henne fra å se noen del av ham.
Él dispuso la sábana de tal manera que todo él quedara oculto.
Han la sengetøyet slik at hele ham var skjult.
Incluso si se agachara no podría verlo.
Selv om hun bøyde seg ned, ville hun ikke kunne se ham.
Todo el esfuerzo le llevó a Gregor más de tres horas.
Hele arbeidet tok Gregor mer enn tre timer.
Quizás pensó que la sábana era innecesaria.
Hun kunne kanskje ha syntes lakenet var unødvendig.
Ella habría sabido que él no quería la sábana.
Hun ville ha visst at han ikke ville ha lakenet.
Lo hacía para su comodidad, no para la suya propia.
Han gjorde det for hennes komfort, og ikke for seg selv.
Y podría haber quitado la sábana si hubiera querido.
Og hun kunne ha fjernet lakenet hvis hun ville.
Pero dejó la sábana donde Gregor la había puesto.
Men hun lot lakenet ligge der Gregor hadde lagt det.
Y Gregor incluso creyó haber captado una mirada de agradecimiento.
Og Gregor trodde til og med han hadde fått et takknemlig blikk.
Había levantado suavemente la sábana con la cabeza.
Han hadde forsiktig løftet lakenet opp med hodet.
Quería ver si a su hermana le gustaba el arreglo.
Han ville se om søsteren hans likte arrangementet.

Las dos primeras semanas fueron las más difíciles para los padres.

De to første ukene var de vanskeligste for foreldrene.

No pudieron animarse a entrar y verlo.

De klarte ikke å få seg til å komme inn og se ham.

Escuchó muchas de sus conversaciones en ese momento.

Han overhørte mange av samtalene deres på dette tidspunktet.

Reconocieron plenamente todo lo que hacía la hermana.

De anerkjente fullt ut alt søsteren gjorde.

Aunque solían estar molestos con ella a menudo.

Selv om de ofte var irriterte på henne.

Porque ella parecía ser una chica un tanto inútil.

Fordi hun hadde virket som en litt ubrukelig jente.

Ahora eran ellos quienes esperaban al otro lado de la habitación.

Nå var det de som ventet på den andre siden av rommet.

Y fue ella quien entró en la habitación a hacer todo.

Og det var hun som gikk inn i rommet for å gjøre alt.

Tan pronto como salió quisieron saberlo todo.

Så snart hun kom ut, ville de vite alt.

Tenía que decirles exactamente cómo era la habitación.

Hun måtte fortelle dem nøyaktig hvordan rommet så ut.

¿Qué comió Gregor? ¿Cómo se comportó esta vez?

"Hva spiste Gregor? Hvordan oppførte han seg denne gangen?"

"¿Quizás se notó una ligera mejoría?"

"Var det kanskje en liten forbedring å merke?"

La madre, por cierto, fue en realidad más valiente.

Moren var forresten faktisk modigere.

Y por supuesto, era su propio hijo el que estaba dentro de la habitación.

Og selvfølgelig var det hennes egen sønn inne i rommet.

En realidad quería visitar a Gregor relativamente pronto.

Hun ville faktisk besøke Gregor relativt snart.

Pero al principio el padre y la hermana la frenaron.

Men faren og søsteren holdt henne tilbake i starten.

Le dieron argumentos muy racionales para que no fuera.

De kom med svært rasjonelle argumenter for at hun ikke skulle dra.

Gregor escuchó con mucha atención sus razonamientos.

Gregor lyttet svært oppmerksomt til resonnementet deres.

Y él aceptó el razonamiento tanto como su madre.

Og han aksepterte begrunnelsen like mye som moren sin.

Pero más tarde hubo que retenerla por la fuerza.

Senere måtte hun imidlertid holdes tilbake med makt.

"¡Déjame entrar con Gregor, es mi desdichado hijo!"

«Slipp meg inn til Gregor, han er min uheldige sønn!»

-¿No entiendes que tengo que ir a verlo?

«Forstår du ikke at jeg må dra og se ham?»

Gregor también se dejó convencer por los argumentos de su madre.

Gregor lot seg også overbevise av morens argumenter.

Quizás tenía razón: sería bueno que entrara.

Kanskje hun hadde rett; det hadde vært bra om hun kom inn.

Venir a verlo todos los días sería demasiado.

Å komme og se ham hver dag ville være altfor mye.

Pero verlo una vez a la semana podría ser suficiente.

Men det kan være nok å se ham én gang i uken.

Ella podría entender las cosas mucho mejor que la hermana.

Hun forstår kanskje ting mye bedre enn søsteren.

A pesar de todo su coraje, ella todavía era sólo una niña.

Til tross for alt motet hennes, var hun fortsatt bare et barn.

Quizás la imprudencia infantil la impulsó a aceptar esa tarea.

Kanskje barnslig hensynsløshet fikk henne til å ta på seg oppgaven.

Pero el deseo de Gregor de ver a su madre pronto se hizo realidad.

Men Gregors ønske om å se moren sin gikk snart i oppfyllelse.

Durante el día Gregor se mantenía alejado de la ventana.

Om dagen holdt Gregor seg unna vinduet.

Lo hizo por consideración a sus padres.

Dette gjorde han av hensyn til foreldrene sine.

No tenía mucho espacio para arrastrarse por el suelo.

Han hadde ikke mye plass til å krype rundt på gulvet.

Le resultaba difícil permanecer quieto durante la noche.

Han syntes det var vanskelig å ligge stille om natten.

Comer ya no le producía el más mínimo placer.

Å spise ga ham ikke lenger den minste glede.

Por supuesto que tenía que encontrar alguna manera de distraerse.

Selvfølgelig måtte han finne en måte å distrahere seg selv på.

Para entretenerse se arrastraba por las paredes.

For å underholde seg selv krøp han opp og ned veggene.

Y también se arrastró por el techo, boca abajo.

Og han krøp også langs taket, opp ned.

Estaba especialmente feliz cuando colgaba del techo.

Han var spesielt glad da han hang fra taket.

Fue completamente diferente a estar tendido en el suelo.

Det var helt annerledes enn å ligge på gulvet.

Le resultó mucho más fácil respirar en esta posición.

Han syntes det var mye lettere å puste i denne stillingen.

Una ligera pero agradable vibración recorrió su cuerpo.

En svak, men behagelig vibrasjon gikk gjennom kroppen hans.

A veces incluso se relajaba demasiado en su felicidad.

Noen ganger slappet han til og med for mye av i lykken.

A veces se distraía y se soltaba del techo.

Noen ganger ble han distrahert og slapp taket.

Y para su propia sorpresa, aterrizó de nuevo en el suelo.

Og til sin egen overraskelse landet han tilbake på bakken.

Pero tenía mucho mejor control de su cuerpo que antes.

Men han hadde mye bedre kontroll over kroppen sin enn før.

Para que ahora no se haga daño con caídas tan fuertes.

Så han skadet seg ikke av så store fall nå.

La hermana notó inmediatamente el nuevo placer de Gregor.

Søsteren la umiddelbart merke til Gregors nye glede.

Y había restos de adhesivo donde se había arrastrado.

Og det var spor av lim der han hadde krabbet.

Aquí nuevamente la hermana pensó en el bienestar de Gregor.

Her tenkte søsteren igjen på Gregors velvære.

Quizás apreciaría más espacio para gatear.

Kanskje han ville satt pris på mer plass å krype rundt på.

Y la idea se instaló firmemente en su cabeza.

Og ideen etablerte seg godt i hodet hennes.

Algunos de los muebles de gran tamaño impedían su libre movimiento.

Noen av de store møblene hindret ham i å bevege seg frit.

Ya no trabajaba así que no necesitaba el escritorio.

Han jobbet ikke lenger, så han hadde ikke behov for skrivebordet.

Y la caja ocupaba más espacio del necesario. ***

Og esken tok opp mer plass enn den trengte også. ***

La hermana no era capaz de mover estas cosas sola.

Søsteren klarte ikke å flytte disse tingene alene.

Por supuesto que no se atrevió a pedirle ayuda al padre.

Selvfølgelig turte hun ikke å be faren om hjelp.

La criada seguramente tampoco la habría ayudado.

Hushjelpen ville sikkert heller ikke ha hjulpet henne.

La nueva criada era de hecho un año más joven que ella.

Den nye hushjelpen var faktisk et år yngre enn henne.

Ella había asumido valientemente el papel de ex sirvienta.

Hun hadde modig tatt på seg rollene som den tidligere hushjelpen.

Pero había un privilegio que ella insistía en tener.

Men det var ett privilegium hun insisterte på å ha.

Ella quería mantener la cocina cerrada en todo momento.

Hun ville at kjøkkenet skulle være låst til enhver tid.

Así que la hermana no tuvo más remedio que preguntarle a su madre.

Så søsteren hadde ikke noe annet valg enn å spørre moren sin.

Con gritos de emocionada alegría la madre acudió a ayudar.

Med gledesrop kom moren for å hjelpe.

Pero ella se quedó en silencio en la puerta de la habitación de Gregor.

Men hun ble stille ved døren til Gregors rom.

La hermana comprobó que todo en la habitación estuviera bien.

Søsteren sjekket om alt på rommet var i orden.

Gregor había tirado apresuradamente la sábana aún más fuerte.

Gregor hadde raskt trukket lakenet enda tettere.

Aunque la sábana todavía parecía colocada al azar.

Selv om sengetøyet fortsatt så tilfeldig arrangert ut.

Y sólo entonces dejó que su madre entrara en la habitación.

Og først da lot hun moren komme inn i rommet.

Gregor también se abstuvo de espiar desde debajo de la sábana.

Gregor avsto også fra å spionere fra under lakenet.

Decidió no volver a ver a su madre esta vez.

Han bestemte seg for å ikke se moren sin denne gangen.

Gregor estaba muy contento de que ella hubiera entrado.

Gregor var glad nok for at hun i det hele tatt hadde kommet inn.

"Pasa, no puedes verlo", dijo la hermana.

«Kom inn, du kan ikke se ham», sa søsteren.

Gregor supuso que ella llevaba a su madre de la mano.

Gregor antok at hun ledet moren sin ved hånden.

Entonces escuchó a las dos mujeres débiles moviendo los muebles.

Så hørte han de to svake kvinnene flytte møblene.

La hermana parecía reclamar la mayor parte del trabajo para ella misma.

Søsteren så ut til å gjøre krav på mesteparten av arbeidet selv.

Su madre temía que se esforzara demasiado.

Moren hennes fryktet at hun kom til å overanstrenge seg.

Pero la hermana no hizo caso a estas advertencias.

Men søsteren brydde seg ikke om disse advarslene.

Pero incluso después de quince minutos el progreso era muy lento.

Men selv etter femten minutter gikk fremgangen svært sakte.

No habían conseguido mover los muebles muy lejos.

De hadde ikke klart å flytte møblene særlig langt.

Poco a poco empezaron a sentir una sensación de derrota.

De begynte sakte, men sikkert å føle en følelse av nederlag.

La madre fue la primera en admitir la inutilidad.

Moren var den første til å innrømme at det var nytteløst.

"Quizás sería mejor dejar la caja aquí."

«Kanskje det ville være bedre å la esken stå her.»

"La caja es demasiado pesada para que podamos moverla mucho más lejos".

«Kassen er for tung til at vi kan flytte den mye lenger.»

"Y no terminaremos antes de que llegue tu padre."

«Og vi blir ikke ferdige før faren din kommer.»

Dejar la caja aquí le bloquearía aún más el camino.

«Å la boksen stå her ville sperre veien hans enda mer.»

"¿Y podemos estar seguros de que le estamos haciendo un favor?"

«Og kan vi være sikre på at vi gjør ham en tjeneste?»

Comenzaron a pensar que bien podría ser cierto lo opuesto.

De begynte å tenke at det motsatte godt kunne være sant.

La visión de la pared vacía pesó mucho en su corazón.

Synet av den tomme veggen tynget hjertet hennes.

¿Quién diría que Gregor no se sentiría así también?

Hva vil si at Gregor ikke også ville følt det slik?

"Ya está acostumbrado a los muebles de su habitación."

«Han er allerede vant til møblene på rommet sitt.»

"Podría sentirse aún más abandonado en una habitación vacía".

«Han kan føle seg enda mer forlatt i et tomt rom.»

Para entonces su voz se había reducido casi a un susurro.

Nå hadde stemmen hennes nesten sunket seg til en hvisking.

En realidad no sabía el paradero exacto de Gregor.

Hun visste faktisk ikke nøyaktig hvor Gregor befant seg.

Ella no quería ni siquiera que él escuchara el sonido de su voz.

Hun ville ikke engang at han skulle høre lyden av stemmen hennes.

Aunque ella estaba segura de que él no la entendía.

Selv om hun var sikker på at han ikke forsto henne.

"¿No parecería como si lo hubiéramos abandonado por completo?"

«Ville det ikke virke som om vi har gitt opp ham helt?»

"¿No sentirá que lo estamos dejando solo?"

«Vil han ikke føle at vi lar ham klare seg alene?»

"Deberíamos dejar la habitación exactamente como estaba".

«Vi burde forlate rommet akkurat slik det var.»

"Al final Gregor volverá con nosotros como antes."

«Til slutt vil Gregor komme tilbake til oss slik han var.»

"Entonces encontrará que todo sigue en su lugar."

«Da vil han oppdage at alt fortsatt er på sin plass.»

"Y olvidará mucho más fácilmente el período interino".

«Og han vil glemme mellomperioden mye lettere.»

Cuando Gregor escuchó estas palabras se dio cuenta de algo.

Da Gregor hørte disse ordene, skjønte han noe.

Su mente se había vuelto confusa durante los últimos dos meses.

Tankene hans hadde blitt forvirret de siste to månedene.

La falta de interacción humana no había sido buena para él.

Mangelen på menneskelig interaksjon hadde ikke vært bra for ham.

Realmente necesitaba la vida monótona en medio de su familia.

Han trengte virkelig det monotone livet blant familien sin.

¿Por qué si no habría hecho una exigencia tan absurda?

Hvorfor skulle han ellers ha stilt et så meningsløst krav?

¿Qué sentido tenía vaciar su habitación?

Hvilken mulig mening var det med å tømme rommet sitt?

La cómoda habitación amueblada con muebles heredados.

Det komfortable rommet er møblert med arvede møbler.

¿Por qué querría convertir ese calor conocido en una cueva?

Hvorfor skulle han ønske å forvandle denne kjente varmen til en hule?

Una cueva donde poder arrastrarse en todas direcciones en paz.

En hule hvor han kunne krype i alle retninger i fred.

Pero una cueva en la que olvidó rápidamente su pasado humano.

Men en hule der han raskt glemte sin menneskelige fortid.

Tuvo que preguntarse si ya estaba cerca de olvidar.

Han måtte lure på om han allerede var nær ved å glemme.

La voz de su madre lo había sacudido y lo había hecho recordar.

Morens stemme hadde rystet ham så han husket.

La voz que no había oído durante tanto tiempo.

Stemmen han ikke hadde hørt på så lenge.

No había que quitar nada, todo tenía que quedar.

Ingenting skulle fjernes; alt måtte bli værende.

Los muebles influyeron positivamente en su condición.

Møblene hadde en positiv innvirkning på tilstanden hans.

Y no podría vivir sin este ancla en el pasado.

Og han kunne ikke klare seg uten dette ankeret til fortiden.

Los muebles impedían que se arrastrara sin sentido.

Møblene hindret ham i å krype rundt uten å være sanseløse.

Pero eso no fue una pérdida, sino más bien una gran ventaja.

Men det var ikke noe tap, snarere en stor fordel.

Lamentablemente la hermana tenía una opinión muy diferente.

Dessverre hadde søsteren en helt annen oppfatning.

Ella se había convertido en una especie de portavoz de Gregor.

Hun hadde på en måte blitt en talsperson for Gregor.

Por supuesto que su opinión no era del todo injustificada.

Selvfølgelig var ikke meningen hennes helt uberettiget.

Pero aquí la opinión de su madre tuvo que ser contradicha.

Men morens mening måtte motsies her.

Ahora no era solo la caja la que había que retirar.

Det var ikke bare boksen som nå måtte fjernes.

Ni su escritorio ni el armario podían permanecer allí.

Skrivebordet hans og garderoben kunne heller ikke bli stående.

Lo único imprescindible era el sofá.

Det eneste som var uunnværlig var sofaen.

Ella no decidió esto sólo por desafío infantil.
Hun bestemte seg ikke for dette bare av barnslig trass.
Tampoco fue su recientemente adquirida confianza en sí misma.
Det var heller ikke hennes nylig ervervede selvtillit.
La nueva confianza que tuvo que trabajar muy duro para ganar.
Den nye selvtilliten hun måtte jobbe så hardt for å vinne.
Aunque nadie esperaba que ella pudiera hacerlo.
Selv om ingen hadde forventet at hun skulle klare det.
Gregor realmente necesitaba mucho espacio para gatear.
Gregor trengte virkelig mye plass for å krype.
Los muebles sólo limitaban el espacio del que disponía.
Møblene begrenset bare rommet han hadde tilgjengelig.
Ella podía ver estas cosas mejor que la madre.
Hun var i stand til å se disse tingene bedre enn moren.
Pero quizá su espíritu romántico también jugó un papel.
Men kanskje hennes romantiske ånd også spilte en rolle.
Las niñas de esa edad suelen desarrollar cierto entusiasmo.
Jenter i den alderen får ofte en viss entusiasme.
Y sienten la necesidad de salirse con la suya siempre que pueden.
Og de føler et behov for å få det som de vil når de kan.
Quizás por eso quería sabotearlo en secreto.
Kanskje det er derfor hun i hemmelighet ville sabotere ham.
Es aún más aterrador cuando se arrastra por las paredes.
Han er enda mer skremmende når han kryper på veggene.
Los padres ya no se atrevían a entrar en la habitación.
Foreldrene turte ikke å gå inn i rommet lenger.
Ella realmente sería la única cuidadora de su hermano.
Hun ville virkelig være den eneste omsorgspersonen for broren sin.
Ella no dejó que su madre la persuadiera de lo contrario.
Hun lot ikke moren overtale henne til noe annet.
La madre de Gregor ya se sentía incómoda en la habitación.
Gregors mor følte seg allerede urolig i rommet.
Pronto dejó de hablar y ayudó nuevamente a su hija.

Hun sluttet snart å snakke og hjalp datteren sin igjen.
Con las fuerzas que les quedaban retiraron el armario.
Med sine gjenværende krefter fjernet de garderoben.
La cómoda era algo de lo que podía prescindir.
Kommoden var noe han kunne klare seg uten.
Pero el escritorio tendría que quedarse allí por el momento.
Men skrivebordet måtte bli stående for øyeblikket.
Mientras las mujeres estaban ausentes, trató de evaluar la habitación.
Mens kvinnene var borte, prøvde han å vurdere rommet.
Y Gregor asomó la cabeza por debajo del sofá.
Og Gregor stakk hodet ut under sofaen.
Tenía que ver qué podía hacer con la situación.
Han måtte se hva han kunne gjøre med situasjonen.
Pero fue lo más cuidadoso y considerado posible.
Men han var så forsiktig og hensynsfull som mulig.
Desgraciadamente fue la madre quien regresó primero.
Dessverre var det moren som kom tilbake først.
Grete todavía estaba moviendo el armario en la habitación de al lado.
Grete holdt fortsatt på med å flytte garderoben i rommet ved siden av.
Pero la madre no estaba acostumbrada a ver a Gregor.
Men moren var ikke vant til synet av Gregor.
Incluso un simple vistazo a él podría haberla enfermado.
Selv bare et glimt av ham kunne ha gjort henne syk.
Gregor se apresuró a retroceder hasta el otro extremo del sofá.
Gregor skyndte seg bakover til den andre enden av sofaen.
Pero no podía retroceder y equilibrar la sábana.
Men han klarte ikke å bevege seg bakover og balansere lakenet.
El movimiento fue suficiente para llamar la atención de la madre.
Bevegelsen var nok til å få morens oppmerksomhet.
Ella hizo una pausa y se quedó muy quieta por un breve momento.

Hun stoppet opp, og ble stående helt stille et kort øyeblikk.

Luego se dio la vuelta y salió de la habitación.

Så snudde hun seg og gikk ut av rommet igjen.

Gregor seguía diciéndose a sí mismo que no había ocurrido nada inusual.

Gregor fortsatte å si til seg selv at ingenting uvanlig hadde skjedd.

"Son sólo algunos muebles que se han llevado".

«Det er bare noen møbler som er blitt tatt bort.»

Pero pronto tuvo que admitir que los acontecimientos le afectaron.

Men han måtte snart innrømme at hendelsene påvirket ham.

Las mujeres habían estado diciendo todo lo que estaban haciendo.

Kvinnene hadde sagt alt de holdt på med.

Habían estado caminando de un lado a otro por la habitación.

De hadde gått frem og tilbake gjennom rommet.

El rayado de todos los muebles en el suelo.

Ripingen av alle møblene på gulvet.

Se sentía como si lo atacaran desde todos lados.

Han følte at han ble angrepet fra alle kanter.

Apretó la cabeza y las piernas lo más fuerte que pudo.

Han trakk hodet og beina inn så hardt han kunne.

Con todas sus fuerzas presionó su cuerpo contra el suelo.

Med all sin kraft presset han kroppen mot bakken.

Sabía que no podría soportar todo esto por mucho más tiempo.

Han visste at han ikke kunne holde ut alt dette mye lenger.

Vaciaron su habitación y se llevaron todo lo que amaba.

De ryddet ut av rommet hans og tok alt han elsket.

Ya se habían llevado la caja que contenía todas sus herramientas.

De hadde allerede tatt esken som inneholdt alt verktøyet hans.

Ahora estaban aflojando su pesado escritorio del suelo.

Nå løsnet de det tunge skrivebordet hans fra bakken.

El escritorio en el que había trabajado después de regresar del trabajo.

Skrivebordet han hadde jobbet på etter at han kom tilbake fra jobb.

El escritorio en el que había escrito sus tareas comerciales.

Skrivebordet han hadde skrevet forretningsoppgavene sine på.

El escritorio en el que había hecho sus deberes en la escuela secundaria.

Puten han hadde gjort leksene sine på på ungdomsskolen.

Sí, ya había tenido este pupitre en la escuela primaria.

Ja, han hadde allerede hatt dette pulten på barneskolen.

Realmente no tuvo tiempo de confirmar sus buenas intenciones.

Han hadde egentlig ikke tid til å bekrefte deres gode intensjoner.

Aunque ya casi había olvidado que estaban allí.

Selv om han nesten hadde glemt at de var der uansett.

Porque trabajaban en silencio, por el cansancio.

Fordi de jobbet i stillhet, på grunn av utmattelse.

Estaban demasiado cansados para anunciar sus movimientos ahora.

De var for slitne til å annonsere bevegelsene sine nå.

Lo único que oyó fueron sus pesados pasos en el suelo.

Alt han hørte var de tunge fottrinnene deres på gulvet.

Justo en ese momento estaban apoyados sobre la caja.

Akkurat i det øyeblikket lente de seg mot esken.

Y entonces Gregor salió de debajo del sofá.

Og det var da Gregor kom ut fra under sofaen.

Cambió la dirección en la que corría cuatro veces.

Han endret retningen han løp i fire ganger.

No podía decidir qué elemento debía salvarse primero.

Han klarte ikke å bestemme seg for hvilken gjenstand som måtte reddes først.

De repente su atención se dirigió a la pared vacía.

Plutselig ble oppmerksomheten hans trukket mot den tomme veggen.

Lo único que le quedó fue la fotografía de la dama con pieles.

Alt de hadde etterlatt ham var bildet av damen i pels.

Se arrastró hasta la imagen para presionar su cuerpo contra el de ella.

Han krøp bort til bildet for å presse kroppen sin mot henne.

Y su cuerpo cubrió completamente la vista de la imagen.

Og kroppen hans dekket bildet fullstendig.

El vaso lo sostuvo y reconfortó su vientre caliente.

Glasset holdt ham oppe og trøstet den varme magen hans.

Esta fotografía ya no se la pudieron quitar.

Dette bildet kunne ikke lenger tas fra ham.

Luego giró la cabeza hacia la puerta de la sala de estar.

Så snudde han hodet mot stuedøren.

Iba a observar mientras las mujeres regresaban a la habitación.

Han skulle se på mens kvinnene kom tilbake til rommet.

Y no descansaron mucho antes de regresar nuevamente.

Og de hvilte ikke lenge før de kom tilbake igjen.

El brazo de Grete rodeaba a su madre para ayudarla a caminar.

Gretes arm var rundt moren hennes for å hjelpe henne å gå.

"¿Qué nos llevamos ahora?" dijo Grete y miró a su alrededor.

«Hva skal vi ta nå?» sa Grete og så seg rundt.

Justo en ese momento su mirada se encontró con los ojos de Gregor.

Akkurat i det øyeblikket møtte blikket hennes Gregors øyne.

A pesar del shock, mantuvo la presencia de ánimo.

Til tross for sjokket beholdt hun sinnsnærværet.

Probablemente sólo por la presencia de su madre.

Sannsynligvis bare på grunn av morens tilstedeværelse.

Ella inclinó su rostro hacia su madre, cubriéndole la vista.

Hun bøyde ansiktet mot moren og skjulte synet.

Y entonces dijo, aunque temblorosa y desconsiderada:

Og så sa hun, skjelvende og tankeløs:

-Vamos, ¿no deberíamos volver a la sala de estar?

«Kom igjen, skal vi ikke gå tilbake til stuen?»

Gregor podía comprender fácilmente las intenciones de la hermana.

Gregor kunne lett forstå søsterens intensjoner.

Su primera prioridad fue poner a su madre a salvo.

Hennes førsteprioritet var å bringe moren i sikkerhet.

Pero luego ella iba a perseguirlo desde la pared.

Men så skulle hun jage ham ned fra veggen.

«¡Pues claro que puede intentarlo!», pensó Gregor para sus adentros.

«Vel, hun kan absolutt prøve!» tenkte Gregor innvendig.

Se sentó firmemente sobre su imagen y no renunció a ella.

Han satt stødig på bildet sitt og ga det ikke opp.

Preferiría haberle saltado en la cara a la hermana.

Han ville heller ha hoppet søsteren i ansiktet.

Pero las palabras de Grete preocuparon aún más a su madre.

Men Gretes ord hadde bekymret moren hennes enda mer.

Ella se hizo a un lado para ver lo que le ocultaban.

Hun gikk til side for å se hva som ble skjult for henne.

Y vio la mancha marrón en el papel pintado floreado.

Og hun så den brune flekken på det blomstrete tapetet.

Y ella gritó antes de darse cuenta de que era Gregor.

Og hun skrek før hun i det hele tatt skjønte at det var Gregor.

"Oh Dios", gritó con los brazos extendidos.

«Å Gud!» skrek hun med armene utstrakt.

Y ella se dejó caer en el sofá como si se hubiera rendido.

Og hun falt ned på sofaen som om hun hadde gitt opp.

—¡Gregor! —gritó la hermana levantando el puño.

«Gregor!» ropte søsteren til ham med hevet neve.

Y ella le dirigió una mirada larga, dura y penetrante.

Og hun ga ham et langt, hardt og gjennomtrengende blikk.

Esta era la primera vez que hablaba con él directamente.

Dette var første gang hun snakket direkte med ham.

Corrió a la habitación de al lado para conseguir algunas sales aromáticas.

Hun løp inn i naborommet for å hente litt luktesalt.

Tenía que devolverle la conciencia a su madre.

Hun måtte bringe moren sin til bevissthet igjen.

Gregor quería ayudar, podría salvar la imagen más tarde.

Gregor ville hjelpe, han kunne lagre bildet senere.

Pero él se había quedado firmemente pegado al cristal.

Men han hadde satt seg fast i glasset.

Entonces tuvo que apartarse usando mucha fuerza.

Så han måtte rive seg løs med mye makt.

Él también corrió a la habitación de al lado, donde estaba la hermana.

Han løp også inn i naborommet, der søsteren var.

En el pasado podría haberle dado algún consejo.

I gamle dager kunne han ha gitt henne noen råd.

Pero ahora no podía hacer nada más que quedarse de brazos cruzados y observar.

Men nå kunne han ikke gjøre annet enn å stå passivt og se på.

Revolvió el cajón y abrió varias botellas.

Hun rotet gjennom skuffen og åpnet forskjellige flasker.

Y todavía la asustó cuando ella se dio la vuelta.

Og han skremte henne fortsatt da hun snudde seg.

Una botella cayó al suelo, se rompió y se astilló.

En flaske falt på gulvet, knuste og splintret.

Una astilla de vidrio golpeó la cara de Gregor y lo hirió.

En glassplinter traff Gregors ansikt og skadet ham.

La botella contenía algún tipo de líquido cáustico.

Flasken inneholdt en slags etsende væske.

Y ahora el líquido corrosivo quemaba la cara de Gregor.

Og nå brant den etsende væsken Gregors ansikt.

Sin embargo, la hermana no tenía tiempo para Gregor en ese momento.

Søsteren hadde imidlertid ikke tid til Gregor akkurat nå.

Ella recogió tantas botellas como pudo.

Hun plukket opp så mange flasker som hun kunne.

Y ella corrió de nuevo hacia su madre con la medicina.

Og hun løp tilbake til moren sin med medisinen.

Ella cerró la puerta con el pie, dejando afuera a Gregor.

Hun smalt igjen døren med foten og stengte Gregor ute.

Ahora estaba separado de su madre, que estaba potencialmente moribunda.

Han var nå avskåret fra sin potensielt døende mor.

Si abriera la puerta, echaría a la hermana.

Hvis han åpnet døren, ville han jage søsteren vekk.

Pero por supuesto tuvo que quedarse para cuidar a la madre.

Men selvfølgelig måtte hun bli værende for å passe på moren.

Ya no podía hacer nada más que esperarlos.

Det var ikke noe annet han kunne gjøre nå enn å vente på dem.

Acosado por el autorreproche y la ansiedad, comenzó a gatear.

Plaget av selvbebreidelser og angst begynte han å krype.

Se arrastró por todas partes: las paredes, los muebles, el techo.

Han krøp overalt; vegger, møbler, taket.

Sintió como si toda la habitación girara a su alrededor.

Han følte at hele rommet snurret rundt ham.

Finalmente, desesperado y mareado, volvió a caer.

Til slutt, i fortvilelse og svimmelhet, falt han ned igjen.

Y cayó justo encima de la gran mesa del comedor.

Og han falt rett oppå det store spisebordet.

Pasó algún tiempo tendido allí, entumecido e incapaz de moverse.

Han lå der en stund, nummen og ute av stand til å røre seg.

Estaba exhausto por todo lo que el día le había traído.

Han var utslitt etter alt denne dagen hadde brakt over ham.

Todo estaba tranquilo, pero tal vez eso era una buena señal.

Det var stille overalt, men det var kanskje et godt tegn.

Entonces, rompiendo el silencio, sonó el timbre de la puerta de afuera.

Så, som brøt stillheten, ringte det på døren utenfor.

La criada, por supuesto, se había encerrado en su cocina.

Hushjelpen hadde selvfølgelig låst seg inne på kjøkkenet.

Así que la hermana era la única que podía abrir la puerta.

Så søsteren var den eneste som kunne åpne døren.

"¿Qué pasó?" fue lo primero que preguntó el padre.

«Hva skjedde?» var det første faren spurte.

La aparición de Grete probablemente le había dicho todo.

Gretes utseende hadde sannsynligvis fortalt ham alt.
La voz de Grete se volvió apagada y apagada mientras hablaba.
Gretes stemme ble dempet og kjedelig mens hun snakket.
Ella debió haber presionado su cara contra el pecho de su padre.
Hun må ha presset ansiktet mot farens bryst.
"La madre estaba inconsciente, pero ahora se siente mejor".
«Mor var bevisstløs, men hun føler seg bedre nå.»
—Gregor ha escapado —añadió, tal como él esperaba.
«Gregor har rømt», la hun til, noe han hadde forventet.
"Siempre te dije que algún día se escaparía."
«Jeg har alltid sagt at han kom til å rømme en dag.»
—Pero vosotras, las mujeres, no quisisteis escucharme, ¿verdad?
«Men dere kvinner ville ikke høre på meg, gjorde dere vel?»
Gregor se dio cuenta rápidamente de cómo veía las cosas su padre.
Gregor forsto raskt hvordan faren hans ville se på ting.
Había malinterpretado el mensaje demasiado breve de Grete.
Han hadde feiltolket Gretes altfor korte beskjed.
Supuso que Gregor había cometido algún acto de violencia.
Han antok at Gregor hadde begått en voldshandling.
Gregor tenía que encontrar una manera de apaciguar a su padre de alguna manera.
Gregor måtte finne en måte å blidgjøre faren sin på en eller annen måte.
Porque no tuvo tiempo de explicarle las cosas.
Fordi han ikke hadde tid til å forklare ting for ham.
Pero de todos modos no habría podido explicar las cosas.
Men han ville uansett ikke ha klart å forklare ting.
Entonces huyó hacia la puerta y se pegó a ella.
Så flyktet han til døren og presset seg inntil den.
De esa manera su padre podría verlo desde la antesala.
På den måten kunne faren hans se ham fra forrommet.
Y podría ver que tenía las mejores intenciones.

Og han ville kunne se at han hadde de beste intensjoner.

No había necesidad de empujarlo con una escoba.

Det var ikke nødvendig å dytte ham tilbake med en kost.

Lo único que el padre habría tenido que hacer era abrir la puerta.

Alt faren måtte gjøre var å åpne døren.

Pero él no estaba de humor para notar tales sutilezas.

Men han var ikke i humør til å legge merke til slike finesser.

"¡Ahí estás!" exclamó nada más entrar.

«Der er du!» utbrøt han med en gang han kom inn.

Era como si estuviera enojado y feliz al mismo tiempo.

Det var som om han var sint og glad på samme tid.

Echó la cabeza hacia atrás y miró al padre.

Han trakk hodet bakover og så opp på faren.

No se había imaginado que su padre estuviera allí así.

Han hadde ikke forestilt seg faren sin stående der slik.

Pero en los últimos tiempos había encontrado una nueva distracción.

Men han hadde, i den senere tid, funnet en ny distraksjon.

Gatear ahora ocupaba gran parte de su día.

Å krabbe rundt tok nå opp en stor del av dagen hans.

Antes, él estaba al tanto de todas las novedades que ocurrían en el apartamento.

Før holdt han oversikt over alle nyheter i leiligheten.

Pero últimamente no había estado prestando tanta atención.

Men han hadde ikke fulgt så mye med i det siste.

Debería haber estado preparado para afrontar los cambios.

Han burde ha vært forberedt på å møte endringer.

Sin embargo, ¿era este hombre que tenía delante todavía el padre?

Likevel, var denne mannen før ham fortsatt faren?

¿Era él el mismo hombre que solía yacer cansado en su cama?

Var han den samme mannen som pleide å ligge sliten i sengen sin?

Cuando Gregor ya se había ido de viaje de negocios.

Da Gregor allerede hadde dratt på forretningsreise.

¿Era él el mismo hombre que lo saludaba por las noches?
Var han den samme mannen som hilste på ham om kveldene?
Cuando estaba en bata en su sillón.
Da han satt i morgenkåpen sin i lenestolen sin.
¿Era el mismo hombre que no pudo levantarse a darle la bienvenida?
Var han den samme mannen som ikke kunne reise seg for å ønske ham velkommen?
Entonces, permaneciendo sentado, levantó el brazo en señal de alegría.
Så, mens han ble sittende, løftet han armen som et tegn på glede.
¿Era el mismo hombre con el que salía a caminar de vez en cuando?
Var han den samme mannen han gikk turer med av og til?
En raras ocasiones: algunos domingos al año o días festivos.
I sjeldne tilfeller: noen få søndager i året, eller helligdager.
¿Era el mismo hombre que caminaba envuelto en su abrigo?
Var han den samme mannen som gikk, pakket inn i frakken sin?
¿Avanzó lentamente, entre la madre y él?
Fød han sakte fremover, mellom moren og ham?
Y ellos ya caminaban lentamente por causa de él.
Og de gikk allerede sakte på grunn av ham.
Pero ahora este hombre estaba de pie, fuerte y erguido.
Men nå sto denne mannen sterk og oppreist.
Estaba vestido con un uniforme azul con botones dorados.
Han var kledd i en blå uniform med gullknapper.
Botones que llevan los empleados de las instituciones bancarias.
Knapper som tjenerne i bankinstitusjonene bruker.
Por encima del rígido cuello emergía su fuerte papada.
Over den stive kragen kom hans sterke dobbelthake til syne.
Bajo sus pobladas cejas se asomaban sus ojos negros.
Under de buskete øyenbrynene tittet de svarte øynene ut.
Ahora sus ojos parecían penetrantes, frescos y alertas.
Nå virket øynene hans gjennomtrengende, friske og våkne.

El cabello blanco, anteriormente despeinado, fue peinado hacia abajo.

Det tidligere rufsete hvite håret ble gredd ned.

Y su cabello ahora tenía una meticulosa raya central.

Og håret hans hadde nå en omhyggelig midtskille.

Arrojó su sombrero, que estaba adornado con un monograma dorado.

Han kastet hatten sin, som var festet med et gullmonogram.

Probablemente era el monograma del banco en el que trabajaba.

Det var sannsynligvis monogrammet til banken han jobbet for.

Y el sombrero aterrizó en el sofá, para guardarlo más tarde.

Og hatten landet på sofaen, for å bli lagt bort senere.

Empujó hacia atrás la parte inferior de la larga chaqueta del uniforme.

Han dyttet tilbake nederste del av den lange uniformjakken.

Y metió los pulgares en los bolsillos de sus pantalones.

Og han stakk tomlene i bukselommene.

Y luego, con cara sombría, caminó hacia Gregor.

Og så, med et dystert ansikt, gikk han mot Gregor.

Probablemente ni siquiera sabía lo que planeaba hacer.

Han visste sannsynligvis ikke engang hva han planla å gjøre.

Pero aún así levantó los pies inusualmente alto.

Men likevel løftet han føttene uvanlig høyt.

Gregor estaba asombrado por el enorme tamaño de sus botas.

Gregor var forbløffet over den enorme størrelsen på støvlene sine.

Pero realmente no había tiempo para maravillarse con sus zapatos.

Men det var egentlig ikke tid til å beundre skoene hans.

El padre había decidido aplicar una disciplina muy estricta.

Faren hadde bestemt seg for svært streng disiplin.

Para Gregor sólo era apropiada la mayor severidad.

Bare den største strenghet var passende for Gregor.

Él lo sabía desde el primer día de su transformación.

Han visste dette fra den første dagen av forvandlingen sin.

Corrió hacia su padre y se detuvo cuando él se detuvo.
Han løp til faren sin, og stoppet da han stoppet.
Corrió hacia él nuevamente cuando se movió de nuevo.
Han pilte mot ham igjen da han beveget seg igjen.
El padre se detuvo un momento y Gregor también.
Faren stoppet opp et øyeblikk, og det gjorde Gregor også.
Y corrió hacia adelante nuevamente tan pronto como su padre se movió.
Og han løp frem igjen så snart faren hans beveget seg.
De esta manera dieron varias vueltas alrededor de la habitación.
På denne måten gikk de flere ganger rundt i rommet.
Nadie había conseguido aún ninguna ventaja decisiva.
Ingen hadde oppnådd noen avgjørende fordel ennå.
No se podría haber tenido la impresión de una persecución.
Man kunne ikke ha fått inntrykk av en jakt.
Porque todo el acontecimiento se estaba produciendo demasiado lentamente.
Fordi hele hendelsen gikk altfor sakte.
Gregor había decidido quedarse en tierra.
Gregor hadde bestemt seg for å bli værende på bakken.
Podría haber corrido por las paredes y a lo largo del techo.
Han kunne ha løpt opp langs veggene og langs taket.
Pero no quería provocar al padre innecesariamente.
Men han ville ikke provosere faren unødvendig.
Una huida así podría haber parecido especialmente perversa.
En slik flukt kunne ha virket spesielt ondskapsfull.
Gregor admitió que esta persecución no podía durar mucho más.
Gregor innrømmet at denne jakten ikke kunne vare mye lenger.
Cada paso debía ir acompañado de una miríada de movimientos.
Hvert skritt måtte møtes med et utall bevegelser.
Ya empezaba a sentir falta de aire.
Han begynte allerede å føle kortpustethet.

Incluso antes nunca había tenido unos pulmones completamente confiables.

Selv før hadde han aldri helt pålitelige lunger.

Avanzó tambaleándose, guardando sus fuerzas para la carrera.

Han sjanglet avgårde og sparte styrkene sine til løpeturen.

Estaba tan cansado que apenas podía mantener los ojos abiertos.

Han var så sliten at han knapt klarte å holde øynene åpne.

Sus pensamientos se volvieron demasiado lentos para pensar en otras escapatorias.

Tankene hans ble for trege til å tenke på andre fluktmuligheter.

Casi había olvidado que los muros estaban a su disposición.

Han hadde nesten glemt at veggene var tilgjengelige for ham.

Pero de todos modos las paredes estaban ocultas detrás de los muebles.

Men veggene var uansett skjult bak møbler.

Y los muebles tenían demasiadas muescas y protuberancias.

Og møblene hadde for mange hakk og utstikkere.

Y luego, justo a su lado, rodando, había una manzana.

Og så, rett ved siden av ham, mens det rullet rundt, lå det et eple.

La manzana debió haberle sido arrojada, se dio cuenta.

Eplet måtte ha blitt kastet etter ham, innså han.

Pero no tuvo tiempo de pensar antes de que llegara otra manzana.

Men han hadde ikke tid til å tenke før et nytt eple kom.

Gregor se quedó paralizado por la nueva estrategia del padre.

Gregor frøs til i sjokk over farens nye strategi.

Ya no podía ganar nada intentando huir.

Han kunne ikke lenger oppnå noe ved å prøve å løpe.

El padre había decidido bombardearlo con fruta.

Faren hadde bestemt seg for å bombardere ham med frukt.

Se había llenado los bolsillos con lo que había en el frutero de la cocina.

Han hadde fylt lommene sine fra fruktskålen på kjøkkenet.

Sin apuntar especialmente, lanzó manzana tras manzana.

Uten å sikte spesielt kastet han eple etter eple.

Estas pequeñas manzanas rojas rodaban por el suelo.

Disse små røde eplene rullet rundt på bakken.

Como si estuvieran electrificadas, las manzanas chocaron entre sí.

Som om de var elektrifiserte, traff eplene hverandre.

Una de las manzanas lanzadas débilmente rozó la espalda de Gregor.

Et av de svakt kastede eplene streifet Gregors rygg.

Afortunadamente para él, la manzana se deslizó sin sufrir daño.

Heldigvis for ham skled eplet av ufarlig.

Sin embargo, la manzana lanzada después fue más precisa.

Eplet som ble kastet etterpå var imidlertid mer nøyaktig.

Y esta manzana se alojó profundamente en la espalda de Gregor.

Og dette eplet satte seg dypt fast i Gregors rygg.

Gregor quería alejarse del dolor.

Gregor ville dra seg vekk fra smerten.

Quizás se pueda escapar de este nuevo e increíble dolor.

Kanskje denne nye, utrolige smerten kunne unnslippes.

Quizás un cambio de ubicación aliviaría su agonía.

Kanskje et bytte av sted ville lindre smerten hans.

Pero se sentía como si lo hubieran clavado al suelo.

Men han følte seg som om han hadde blitt spikret ned til gulvet.

Se estiró, pero sólo debido a su confusión.

Han strakte seg ut, men bare på grunn av forvirringen sin.

Sólo con su última mirada vio que la puerta se abría.

Først med sitt siste blikk så han døren åpne seg.

La madre corrió hacia su hermana, que gritaba.

Moren løp ut foran den skrikende søsteren.

La hermana la había desnudado, por lo que estaba en camisa.

Søsteren hadde kledd av henne, så hun hadde på seg skjorten.

Había necesitado respirar en su inconsciencia.
Hun hadde trengt pusterom i bevisstløsheten.
Todavía veía cómo la madre corría hacia el padre.
Han så fortsatt hvordan moren løp mot faren.
Sus faldas se deslizaron hasta el suelo, una tras otra.
Skjørtene hennes gled ned på bakken, det ene etter det andre.
La vio acercarse al padre y tropezar con su falda.
Han så henne nærme seg faren og snuble i skjørtet sitt.
Abrazándolo, pidió que le perdonaran la vida a Gregor.
Hun omfavnet ham og ba om at Gregors liv skulle spares.
En completa unión con su cuerpo, su vista falló.
I full forening med kroppen sin sviktet synet hans.

Tercera parte
Del tre

Gregor sufrió la grave lesión durante más de un mes.
Gregor led den alvorlige skaden i over en måned.
La manzana quedó incrustada; nadie se atrevió a sacarla.
Eplet forble fastklemt; ingen turte å fjerne det.
La manzana permaneció en su carne como un recordatorio visible.
Eplet forble i kjøttet hans som en synlig påminnelse.
Pero la manzana también sirvió como recordatorio para el padre.
Men eplet fungerte også som en påminnelse til faren.
Se dio cuenta de que no debía tratar a Gregor como a un enemigo.
Han innså at Gregor ikke burde behandles som en fiende.
Actualmente su apariencia puede ser triste y repugnante.
For tiden kan utseendet hans være trist og avskyelig.
Pero aún así, seguía siendo un miembro de su familia.
Men likevel var han fortsatt et medlem av familien deres.
Había que aceptar la reticencia y tolerarla.
Motviljen måtte svelges og tolereres.
Debido a su herida, es posible que haya perdido su movilidad para siempre.
På grunn av såret kan det godt hende at han mister mobiliteten for alltid.
Todavía gateaba por su habitación, pero mucho más lento.
Han krøp fortsatt rundt på rommet sitt, men mye saktere.
Arrastrarse a cualquier altura estaba fuera de cuestión.
Å krype i noen form for høyde var uaktuelt.
Pero Gregor recibió algún tipo de compensación.
Men Gregor mottok en eller annen form for kompensasjon.
Por la noche se le abrió la puerta del salón.
Om kvelden ble stuedøren åpnet for ham.
Y consideró que estas reparaciones eran completamente adecuadas.
Og han mente at disse erstatningene var helt tilstrekkelige.

Antes del anochecer ya había empezado a vigilar la puerta.
Før kvelden begynte han allerede å holde øye med døren.
Él yacía en la oscuridad, invisible desde la sala de estar.
Han lå i mørket, usynlig fra stuen.
Pudo ver a toda la familia en la mesa iluminada.
Han kunne se hele familien ved det opplyste bordet.
Ahora se le permitió escuchar sus conversaciones.
Han fikk nå lov til å lytte til samtalene deres.
Esto fue bastante diferente a su arreglo anterior.
Dette var ganske annerledes enn deres tidligere ordning.
Las animadas conversaciones de tiempos pasados habían terminado.
De livlige samtalene fra tidligere tider var over.
Éstas eran las conversaciones que tanto anhelaba.
Dette var samtalene han pleide å lengte etter.
Cuando dormía solo en pequeñas habitaciones de hotel.
Da han sov alene på små hotellrom.
Cuando tuvo que arrojarse entre las sábanas húmedas.
Da han måtte kaste seg ned i det fuktige sengetøyet.
Pero ahora las tardes eran en su mayoría tranquilas y sin acontecimientos.
Men kveldene nå har stort sett vært stille og begivenhetsløse.
El padre se quedó dormido en su sillón después de cenar.
Faren sovnet i lenestolen sin etter middagen.
Y la madre y la hermana se animaban mutuamente a guardar silencio.
Og moren og søsteren oppfordret hverandre til å være stille.
La madre, inclinada hacia la luz, cosía lino.
Moren, lent langt over lyset, sydde lin.
Ahora ella hace vestidos para una de las tiendas de moda.
Hun sydde kjoler for en av motebutikkene nå.
Al igual que Gregor, la hermana había conseguido un trabajo como vendedora.
I likhet med Gregor hadde søsteren tatt seg jobb som ekspeditrise.
Ella estaba aprendiendo taquigrafía y francés por las tardes.
Hun lærte stenografi og fransk om kveldene.

Para que más adelante pudiera tal vez conseguir un mejor puesto de trabajo.

Slik at hun kanskje kan få en bedre jobb senere.

A veces el padre se despertaba de sus siestas nocturnas.

Noen ganger våknet faren fra kveldsluren sin.

"¡Cariño, ya llevas un buen rato cosiendo hoy!"

"Kjære deg, du har allerede sydd så lenge i dag!"

Parecía haber olvidado que había estado durmiendo.

Han virket som om han hadde glemt at han hadde sovet.

Pero inmediatamente volvió a caer en un sueño profundo.

Men han falt straks tilbake i søvn igjen.

Y la madre y la hermana se sonrieron cansadamente.

Og moren og søsteren smilte trett til hverandre.

El padre había desarrollado una extraña y nueva terquedad.

Faren hadde utviklet en merkelig ny stahet.

Incluso en casa se negó a quitarse el uniforme de sirviente.

Selv hjemme nektet han å ta av seg tjeneruniformen.

Y su bata colgaba inútilmente en la percha.

Og morgenkåpen hans hang ubrukelig på kleshengeren.

Así pues, el padre dormía, completamente vestido, en su sillón.

Så sov faren, fullt påkledd, i lenestolen sin.

Era como si siempre estuviera dispuesto a prestar su servicio.

Det var som om han alltid var villig til å gjøre sin tjeneste.

Como si estuviera esperando la voz de su superior.

Som om han bare ventet på stemmen til sin overordnede.

Esto provocó que su uniforme perdiera su limpieza.

Dette førte til at uniformen hans mistet sin renhet.

Aunque el uniforme tampoco era nuevo cuando lo recibió.

Selv om uniformen heller ikke var ny da han fikk den.

Y la madre hizo todo lo posible para cuidar el uniforme.

Og moren gjorde sitt beste for å ta vare på uniformen.

Gregor pasaba tardes enteras mirando este uniforme.

Gregor tilbrakte hele kvelder med å se på denne uniformen.

Observó cómo el anciano dormía de manera muy incómoda.

Han så på mens den gamle mannen sov høyst urolig.

Pero mientras dormía también notó algo pacífico.

Men i søvne la han også merke til noe fredelig.

Cuando el reloj dio las diez la madre intentó despertarlo.

Da klokken slo ti, prøvde moren å vekke ham.

Ella habló en voz baja y lo convenció de ir a la cama.

Hun snakket lavt og overtalte ham til å gå og legge seg.

Porque dormir en el sillón no era dormir de verdad.

Fordi det å sove på lenestolen ikke var ekte søvn.

Iba a tener que empezar a trabajar a las seis en punto.

Han skulle begynne på jobb klokken seks.

Así que realmente necesitaba dormir lo mejor posible.

Så han trengte virkelig å få best mulig søvn.

Pero una nueva forma de terquedad se apoderó de él.

Men han hadde blitt grepet av en ny form for stahet.

Convertirse en sirviente había comenzado a tener ese efecto en él.

Det å bli tjener hadde begynt å ha denne effekten på ham.

Así que siempre insistía en quedarse más tiempo en la mesa.

Så insisterte han alltid på å bli lenger ved bordet.

Aunque con regularidad volvía a quedarse dormido en su silla.

Selv om han jevnlig sovnet i stolen sin igjen.

Y sólo con la mayor dificultad pudo ser movido.

Og han kunne bare flyttes med den største vanskelighet.

Tuvieron que decirle que la cama sería mejor para él.

Han måtte få beskjed om at sengen ville være bedre for ham.

Madre y hermana tuvieron que insistir con pequeñas advertencias.

Mor og søster måtte insistere med små advarsler.

Durante quince minutos se limitó a menear lentamente la cabeza.

I femten minutter ristet han bare sakte på hodet.

Y mantuvo los ojos cerrados y se negó a levantarse.

Og han holdt øynene lukket og nektet å reise seg.

La madre tiró de su manga, suavemente, pero con firmeza.

Moren dro forsiktig, men bestemt i ermet hans.

Y ella susurró palabras halagadoras en sus oídos cansados.

Og hun hvisket smigrende ord i hans trette ører.

**La hermana abandonó la tarea que tenía entre manos para
ayudar a su madre.**

Søsteren forlot oppgaven hun hadde på seg for å hjelpe moren
sin.

Pero ninguno de sus esfuerzos funcionó con el padre.

Men ikke ett eneste av forsøkene deres virket på faren.

Se hundió aún más en su silla, preparado para dormir.

Han sank enda dypere ned i stolen, klar til å sove.

Y finalmente las mujeres lo agarraron por las axilas.

Og til slutt grep kvinnene ham under armhulene.

Abrió los ojos y los miró alternativamente.

Han åpnet øynene og så på dem vekselvis.

"¡Qué vida ésta!" se quejó al irse a dormir.

«For et liv dette er», klaget han mens han gikk og la seg.

"¿Es esta la paz que me ha sido dada en mi vejez?"

«Er dette freden jeg har fått i min alderdom?»

**Pero entonces, apoyándose en las dos mujeres, se levantó
torpemente.**

Men så, lent mot de to kvinnene, reiste han seg klossete.

Actuó como si llevara la carga más pesada.

Han oppførte seg som om han bar den tyngste byrden.

**Dejó que las dos mujeres lo guiaran hasta el final de la
habitación.**

Han lot de to kvinnene lede ham til enden av rommet.

Allí les deseó buenas noches y continuó su camino.

Der sa han god natt til dem, og fortsatte på egenhånd.

Pero la madre rápidamente arrojó su kit de costura.

Men moren kastet raskt fra seg syutstyret sitt.

Y la hermana también dejó el bolígrafo y el bloc de notas.

Og søsteren la også ned pennen og notisblokken.

Y corrieron detrás del padre para ayudarle aún más.

Og de løp bak faren for å hjelpe ham videre.

**¿Quién en esta familia sobrecargada de trabajo tenía tiempo
para Gregor?**

Hvem i denne overarbeidede familien hadde tid til Gregor?

**¿Quién podría haberle prestado más atención de la
necesaria?**

Hvem kunne ha gitt ham mer oppmerksomhet enn nødvendig?

El presupuesto familiar se fue restringiendo cada vez más.

Husholdningsbudsjettet ble stadig mer begrenset.

Al final, para ahorrar dinero, tuvieron que despedir a la criada.

Til slutt, for å spare penger, måtte de si opp hushjelpen.

Fue reemplazada por una mujer de cabello blanco y huesos gruesos.

Hun ble erstattet av en tykkbenet, hvithåret kvinne.

Pero esta mujer venía sólo por la mañana y por la tarde.

Men denne kvinnen kom bare om morgenen og kvelden.

Y todo el trabajo más pesado y duro quedó guardado para ella.

Og alt det tyngste og vanskeligste arbeidet ble spart til henne.

La madre se encargaba de todos los demás quehaceres.

Alle andre gjøremål ble tatt hånd om av moren.

Incluso ocurrió que se vendieron varias joyas familiares.

Det hendte til og med at diverse familiejuveler ble solgt.

Joyas que las mujeres lucieron felizmente durante las celebraciones.

Smykker kvinnene med glede hadde båret under feiringen.

Gregor aprendió esto en una de las discusiones generales.

Gregor lærte dette fra en av de generelle diskusjonene.

La mayor queja, sin embargo, fue otra.

Den største klagen var imidlertid noe annet.

El apartamento era demasiado grande, pero no podían mudarse.

Leiligheten var for stor, men de kunne ikke flytte ut.

No había manera de que pudieran reubicar a Gregor.

Det var ingen måte de kunne ha flyttet Gregor på.

Pero Gregor se dio cuenta de que no era sólo una consideración.

Men Gregor innså at det ikke bare var omtanke.

Algo más les impidió mudarse a otro lugar.

Noe annet hindret dem i å flytte et annet sted.

Podría haber sido fácilmente transportado en una caja adecuada.

Han kunne lett ha blitt transportert i en passende eske.

Sus sentimientos de completa desesperanza los frenaron.

Følelsen av fullstendig håpløshet holdt dem tilbake.

No querían admitir que la desgracia les había golpeado.

De ville ikke innrømme at ulykken hadde rammet dem.

Lo que el mundo exige de los pobres, ellos lo cumplen.

Det verden krever av fattige mennesker, oppfylte de.

El padre le preparó el desayuno al pequeño empleado del banco.

Faren hentet frokost til den lille bankfunksjonæren.

La madre se sacrificó por la ropa de desconocidos.

Moren ofret seg for fremmedes klesvask.

La hermana corría de un lado a otro para atender los pedidos de los clientes.

Søsteren løp frem og tilbake for å få kundenes bestillinger.

Pero ya no tenían fuerzas para hacer más.

Men de hadde rett og slett ikke krefter til å gjøre mer.

La herida en la espalda de Gregor comenzó a doler aún más.

Såret i Gregors rygg begynte å gjøre enda mer vondt.

Cada noche, la madre y la hermana llevaban al padre a la cama.

Hver kveld tok mor og søster faren med til sengs.

Dejaron su trabajo donde estaba y se sentaron juntos.

De la arbeidet sitt der det var, og satte seg sammen.

Y se acercaron más y se sentaron mejilla contra mejilla.

Og de flyttet seg nærmere hverandre, og satte seg kinn mot kinn.

La madre señaló la habitación desde donde él observaba.

Moren pekte mot rommet der han så på.

"¿Podrías cerrar la puerta?" le preguntó a la hermana.

«Kan du lukke døren?» spurte hun søsteren.

Y entonces Gregor se quedó solo otra vez en la oscuridad.

Og så ble Gregor alene igjen i mørket.

Y en la habitación de al lado la mujer mezcló sus lágrimas.

Og i rommet ved siden av blandet kvinnen tårene deres.

**O bien se quedaban sentados con los ojos secos,
simplemente mirando la mesa.**

Eller de satt tørre i øynene og bare stirret på bordet.

Gregor apenas durmió, ni de noche ni de día.

Gregor sov nesten ikke i det hele tatt, verken natt eller dag.

A menudo pensaba en cómo podría ayudar a la familia.

Han tenkte ofte på hvordan han kunne hjelpe familien.

Pensó en ganar dinero nuevamente para ellos.

Han tenkte på å tjene penger til dem igjen.

Pensó en hacer lo que solía hacer por ellos.

Han tenkte på å gjøre det han pleide å gjøre for dem.

En sus pensamientos regresó el representante autorizado.

I tankene sine kom den autoriserte representanten tilbake.

Y esta vez el jefe también vino al apartamento.

Og denne gangen kom også sjefen til leiligheten.

Y los oficinistas y los aprendices también estaban allí.

Og kontoristene og lærlingene var der også.

Incluso el lento empleado de la oficina vino a verlo.

Selv den trege kontortjeneren kom for å se ham.

Había dos o tres amigos de otros negocios.

Det var to eller tre venner fra andre bedrifter.

Una de las camareras de un hotel de provincias.

En av stuepikene fra et hotell i provinsen.

Un recuerdo querido y fugaz al que intentó aferrarse.

Et kjært og flyktig minne han prøvde å holde fast ved.

Una cajera de una sombrerería para quien tenía intenciones.

En kasserer fra en hattebutikk som han hadde intensjoner for.

Pero había sido un poco lento en ganar su aprobación.

Men han hadde vært litt for treg til å vinne hennes
godkjennelse.

**Todos ellos aparecieron en sus pensamientos, mezclados con
desconocidos.**

De dukket alle opp i tankene hans, blandet med fremmede.

Y otros no aparecieron, ya estaban olvidados.

Og andre dukket ikke opp; de var allerede glemt.

Pero no le ayudaron a él ni tampoco a la familia.

Men de hjalp ham ikke, og de hjalp heller ikke familien.

Eran inaccesibles y él se alegró cuando se fueron.
De var utilgjengelige, og han var glad da de dro.
No siempre estaba de humor para preocuparse por la familia.
Han var ikke alltid i humør til å bekymre seg for familien.
Y se llenó de rabia por la falta de atención.
Og han ble fylt av raseri på grunn av mangelen på oppmerksomhet.
Y no podía imaginar nada que le apeteciera.
Og han kunne ikke forestille seg noe han hadde lyst på.
Pero aún así hizo planes para entrar en la despensa.
Men han la likevel planer om å bryte seg inn i spiskammerset.
Y él iba a tomar todo lo que se merecía.
Og han skulle ta alt han fortjente.
La hermana ya no hacía ningún esfuerzo especial por él.
Søsteren gjorde ikke lenger noen spesiell innsats for ham.
Ella ya no pasaba el tiempo pensando en complacerlo.
Hun brukte ikke lenger tid på å tenke på å behage ham.
Antes de ir a trabajar, rápidamente metió algo de comida en la habitación.
Før jobb dyttet hun raskt litt mat inn i rommet.
Y por la noche volvió a barrer rápidamente la comida.
Og om kvelden feide hun raskt opp maten igjen.
Ya no se daba cuenta de si había comido o no.
Om han hadde spist eller ikke, la hun ikke merke til det lenger.
En la actualidad, la mayoría de las veces la comida se dejaba intacta.
Nå forble maten ofte urørt.
Ella todavía barría rápidamente la habitación por la noche.
Hun feide likevel raskt gjennom rommet om kvelden.
Pero ahora hizo lo mínimo, lo más rápido posible.
Men nå gjorde hun det aller minste, så fort som mulig.
Quedaron vetas de suciedad corriendo por las paredes.
Strimer av skitt ble liggende langs veggene.
Bolas de polvo y basura quedaron tiradas en el suelo.
Baller av støv og søppel ble liggende igjen på gulvet.

Gregor mostró su desaprobación por su falta de cuidado.

Gregor viste sin misnøye med hennes manglende omsorg.

Se giró en un ángulo particularmente significativo.

Han snudde seg i en spesielt betydelig vinkel.

Pero podría haber permanecido en el puesto durante semanas.

Men han kunne ha blitt i stillingen i flere uker.

Su hermana no habría notado su insatisfacción.

Søsteren hans ville ikke ha lagt merke til misnøyen hans.

Ella veía la suciedad tan bien como él, o incluso mejor.

Hun så skitten like godt som ham, om ikke bedre.

Pero ella había decidido dejar la tierra donde estaba.

Men hun hadde bestemt seg for å la skitten ligge der den var.

En ese momento adoptó una sensibilidad completamente nueva.

På den tiden inntok hun en helt ny følsomhet.

Ella había hecho de la limpieza de la habitación de Gregor su responsabilidad.

Hun hadde gjort det til sitt ansvar å rydde Gregors rom.

La familia se sintió conmovida por su amable consideración.

Familien ble rørt av hennes vennlige omtanke.

Una vez, la madre le había dado a su habitación una limpieza a fondo.

En gang hadde moren gjort en grundig rengjøring av rommet hans.

Sólo después de utilizar unos cuantos baldes de agua lo consiguió.

Først etter å ha brukt noen bøtter med vann lyktes hun.

Sin embargo, la nueva humedad en la habitación perjudicó a Gregor.

Den nye fuktigheten i rommet skadet imidlertid Gregor.

Y él yacía ancho, amargado e inmóvil en el sofá.

Og han lå bred, bitter og ubevegelig på sofaen.

Pero ese fue sólo su primer castigo por ayudar.

Men det var bare hennes første straff for å ha hjulpet.

La hermana notó rápidamente el cambio en la habitación de Gregor.

Søsteren la raskt merke til forandringen på Gregors rom.

Y ella corrió a la sala, extremadamente insultada.

Og hun løp inn i stuen, ekstremt fornærmet.

Su madre levantó las manos y trató de implorarle.

Moren hennes løftet hendene og prøvde å trygle henne.

Pero a pesar de una explicación sincera, ella rompió a llorar.

Men til tross for en oppriktig forklaring, brast hun i gråt.

El padre, por supuesto, se sobresaltó y se levantó de la silla.

Faren skvatt selvfølgelig opp av stolen.

Y los dos padres miraban asombrados e impotentes.

Og de to foreldrene så på, forbløffet og hjelpeløse.

Y con el tiempo sus emociones también se agitaron.

Og etter hvert ble også følelsene deres opprørte.

El padre reprochó a la madre lo que había hecho.

Faren irettesatte moren for det hun hadde gjort.

"Deberías haber dejado la habitación para que Grete la limpiara."

«Du skulle ha forlatt rommet slik at Grete kunne vaske.»

Grete le gritó a la madre por limpiar su habitación.

Grete skrek til moren for at hun hadde vasket rommet hans.

"¡Nunca más podrás limpiar su habitación!"

«Du får aldri lov til å vaske rommet hans igjen!»

La madre intentó arrastrar al padre al dormitorio.

Moren prøvde å dra faren inn på soverommet.

La hermana se quedó en la habitación, temblando y sollozando.

Søsteren ble igjen i rommet, skjelvende og gråtende.

Y golpeó la mesa con sus pequeños puños.

Og hun banket i bordet med sine små never.

Y Gregor, enojado, siseó fuertemente contra todos ellos.

Og Gregor hveste høyt i sinne til dem alle.

¿Por qué a nadie se le ocurrió cerrarle la puerta?

Hvorfor hadde ingen tenkt på å lukke døren for ham?

Podrían haberle ahorrado esta vista y este ruido.

De kunne ha spart ham for dette synet og støyen.

La hermana estaba agotada después de llegar a casa del trabajo.

Søsteren var utslitt etter å ha kommet hjem fra jobb.
Y cuidar a Gregor era aún más trabajo para ella.
Og det å ta vare på Gregor var enda mer arbeid for henne.
Pero eso no significaba que la madre debía haberlo hecho.
Men det betydde ikke at moren burde ha gjort det.
A Gregor, por el contrario, no hay que descuidarlo.
Gregor, derimot, bør ikke neglisjeres.
Pero ahora tenían una nueva criada que podía hacer esas cosas.
Men nå hadde de en ny hushjelp som kunne gjøre slike ting.
Una viuda anciana que tenía una estructura ósea robusta.
En eldre enke med en robust beinbygning.
Una estatura que la ayudó a sobrevivir a su difícil vida.
En statur som hjalp henne å overleve det vanskelige livet.
Ella no sentía ninguna aversión real hacia la apariencia de Gregor.
Hun hadde ingen reell aversjon mot Gregors utseende.
Ella había abierto accidentalmente la puerta de la habitación de Gregor.
Hun hadde ved et uhell åpnet døren til Gregors rom.
No fue por ninguna curiosidad particular sobre la habitación.
Det var ikke av noen spesiell nysgjerrighet rundt rommet.
Ella simplemente estaba haciendo su trabajo y por casualidad abrió la puerta.
Hun gjorde bare jobben sin, og tilfeldigvis åpnet hun døren.
Gregor, por supuesto, quedó completamente sorprendido por ella.
Gregor ble selvfølgelig fullstendig overrasket av henne.
No lo perseguían, sino que corría de un lado a otro.
Han ble ikke jaget, men han løp frem og tilbake.
Y ella simplemente cruzó sus brazos y lo observó gatear.
Og hun bare foldet armene sine og så på at han krabbet.
Desde entonces ella siempre le abría un poquito la puerta.
Siden den gang åpnet hun alltid døren litt for ham.
Una mañana ella entró para ver cómo estaba.

En gang om morgenen kikket hun inn for å se hvordan han hadde det.

Y por la tarde ella fue a ver cómo estaba antes de irse.

Og om kvelden sjekket hun hvordan det gikk med ham, før hun dro.

Al principio ella también intentó llamarlo para que viniera con ella.

Først prøvde hun også å rope på ham om å komme til henne.

"¡Ven aquí, viejo escarabajo pelotero!", solía decir.

«Kom hit, gamle gjødselbille!» pleide hun å si.

O ella dijo, "¡mira ese viejo escarabajo pelotero!", amigablemente.

Eller hun sa: «se på den gamle møkkbillen!», vennlig.

Gregor nunca reaccionó cuando le hablaron de esa manera.

Gregor reagerte aldri på å bli tiltalt på den måten.

Él permaneció allí, sin moverse, y la ignoró.

Han ble stående der, uten å røre seg, og ignorerte henne.

"Si le hubieran dicho cómo hacer correctamente su trabajo."

«Hvis hun bare hadde blitt fortalt hvordan hun skulle gjøre jobben sin ordentlig.»

"En lugar de molestarme debería limpiar mi habitación."

«I stedet for å plage meg, burde hun vaske rommet mitt.»

Una mañana temprano una fuerte lluvia golpeó las ventanas.

Tidlig om morgenen traff et kraftig regnvær vinduene.

Quizás la lluvia ya era una señal de la llegada de la primavera.

Kanskje regnet allerede var et tegn på den kommende våren.

La criada comenzó a hablarle de esa manera una vez más.

Hushjelpen begynte å snakke til ham på den måten igjen.

Gregor estaba tan amargado que se giró para mirarla.

Gregor var så bitter at han snudde seg for å se på henne.

Era lento y débil, pero fue una especie de ataque.

Han var treg og skrøpelig, men det var litt av et angrep.

La criada, sin embargo, no tenía ningún miedo de Gregor.

Hushjelpen var imidlertid ikke redd for Gregor i det hele tatt.

En lugar de eso, levantó una silla que estaba cerca de la puerta.

I stedet løftet hun opp en stol som sto nær døren.
Y ella permaneció allí, tranquilamente, con la boca abierta.
Og hun sto der, rolig, med munnen vidåpen.
Sus intenciones eran claras, incluso Gregor podía verlo.
Intensjonene hennes var klare, til og med Gregor kunne se det.
Y se giró, lentamente, a su posición original.
Og han snudde seg sakte tilbake til sin opprinnelige posisjon.
—Entonces no quieres acercarte más, ¿verdad?
«Så du vil ikke komme nærmere da, gjør du vel?»
Y silenciosamente volvió a poner la silla en la esquina.
Og hun satte stille stolen tilbake i hjørnet.

Gregor ya casi no comía nada.
Gregor spiste nesten ingenting lenger.
A veces, mientras caminaba por la habitación, se detenía.
Noen ganger, på turene sine rundt i rommet, stoppet han.
Y se encontró junto a la comida preparada para él.
Og han befant seg ved siden av maten som var tilberedt for
ham.
Se llevó la comida a la boca, pero sólo para jugar con ella.
Han puttet maten i munnen, men bare for å leke med den.
Y muy a menudo lo escupía de nuevo al cabo de unas horas.
Og ganske ofte spyttet han det ut igjen etter noen timer.
Trató de encontrar una razón para su falta de apetito.
Han prøvde å finne en grunn til manglende appetitt.
Quizás porque estaba triste por el estado de su habitación.
Kanskje fordi han var lei seg over tilstanden på rommet sitt.
**Pero ya se había adaptado a los cambios que se producían en
la habitación.**
Men han hadde forsonet seg med endringene i rommet.
**Recientemente su habitación se había convertido en una
especie de almacén.**
Nylig hadde rommet hans blitt et slags lagerrom.
Se habían acostumbrado a dejar las cosas allí.
De hadde fått for vane å legge ting igjen der.
Y ahora quedaban muchas cosas así en su habitación.
Og det var nå mange slike ting igjen på rommet hans.

Porque una habitación del apartamento estaba alquilada.

Fordi ett rom i leiligheten var utleid.

Tres caballeros serios alquilaban la habitación juntos.

Tre alvorlige herrer leide rommet sammen.

Gregor los vio una vez a través de una rendija en la puerta.

Gregor la en gang merke til dem gjennom en sprekk i døren.

Llevaban barbas pobladas y estaban vestidos meticulosamente.

De hadde fullt skjegg og var omhyggelig kledd.

Eran escrupulosos en mantener todo ordenado.

De var nøye med å holde alt ryddig.

Su insistencia en el orden no se limitaba a su habitación.

Deres insistering på ryddighet stoppet ikke på rommet deres.

Todo el apartamento tenía que mantenerse perfectamente limpio.

Hele leiligheten måtte holdes helt ren.

Eran aún más exigentes con el aspecto de la cocina.

De var enda mer kresne på hvordan kjøkkenet så ut.

Y no podían tolerar ningún desorden innecesario.

Og de tålte ikke noe unødvendig rot.

También habían traído consigo sus propios muebles.

De hadde også med seg sine egne møbler.

Por esta razón muchas cosas se habían vuelto superfluas.

Av denne grunn hadde mange ting blitt overflødige.

Eran cosas por las que nadie pagaría dinero.

Det var ting som ingen ville betale penger for.

Pero la familia tampoco quería deshacerse de estas cosas.

Men familien ville heller ikke kvitte seg med disse tingene.

Todas estas cosas fueron a parar a la habitación de Gregor.

Alle disse tingene gikk et sted inn på Gregors rom.

El cajón de cenizas de la cocina ahora estaba guardado en su habitación.

Askeboksen fra kjøkkenet ble oppbevart på rommet hans nå.

Y la basura se guardaba en su habitación hasta el día de la basura.

Og søppelet ble oppbevart på rommet hans frem til søppeldagen.

La criada arrojó todo lo que no necesitaba en su habitación.

Hushjelpen kastet alt hun ikke trengte inn på rommet hans.

Afortunadamente no vio más que la mano y el objeto.

Heldigvis så han ikke mer enn hånden og gjenstanden.

Probablemente tenía la intención de volver a buscar las cosas más tarde.

Hun hadde sikkert tenkt å komme tilbake for å hente tingene senere.

O tal vez quería tirarlo todo de una vez.

Eller kanskje hun ville kaste alt bort på én gang.

Sin embargo, todo permaneció donde había quedado al principio.

Alt forble imidlertid der det først hadde landet.

A menos que Gregor moviera la basura moviéndose a través de ella.

Med mindre Gregor flyttet skrotet ved å vrikke seg gjennom det.

Al principio se vio obligado a arrastrarse entre toda la basura.

Først ble han tvunget til å krype gjennom alt skrotet.

No tenía posibilidad de evitarlo.

Det var ingen mulighet for ham å unngå å gjøre det.

Pero más tarde realmente encontró placer en esta actividad.

Men senere fant han faktisk glede i denne aktiviteten.

Aunque tal esfuerzo lo dejó triste y profundamente cansado.

Selv om en slik innsats gjorde ham trist og dypt sliten.

Y después no pudo moverse durante muchas horas.

Og etterpå var han ute av stand til å røre seg i mange timer.

Los inquilinos a veces comían en la sala de estar.

Losjerene spiste noen ganger måltidet sitt i stuen.

La puerta del salón permanecía cerrada esas noches.

Stuedøren forble lukket disse kveldene.

Pero a Gregor no le resultó difícil no abrir la puerta.

Men Gregor hadde ingen problemer med å ikke åpne døren nå.

Incluso cuando la puerta estaba abierta, no siempre miraba hacia afuera.

Selv når døren var åpen, så han ikke alltid ut.

Pero él se acostó en el rincón más oscuro de la habitación.

Men han la seg i det mørkeste hjørnet av rommet.

La familia tampoco notó su falta de atención.

Familien la heller ikke merke til hans manglende oppmerksomhet.

Pero hubo una vez que la criada dejó la puerta abierta.

Men det var én gang hushjelpen lot døren stå åpen.

La puerta permaneció abierta incluso cuando los inquilinos regresaron.

Døren forble åpen selv da leieboerne kom tilbake.

Y la puerta estaba abierta cuando se encendió la luz.

Og døren var åpen da lyset ble slått på.

El hombre se sentó a la mesa donde la familia cenaba.

Mannen satt ved bordet der familien spiste middag.

Allí se sentaron en el pasado el padre, la madre y Gregor.

Far, mor og Gregor satt der i tidligere tider.

Desplegaron las servilletas y cogieron cuchillos y tenedores.

De brettet ut serviettene og tok kniver og gafler.

La madre apareció en la puerta con un plato de carne.

Moren dukket opp i døråpningen med en bolle med kjøtt.

Entonces la hermana entró con un cuenco lleno de patatas.

Så kom søsteren inn med en bolle full av poteter.

Los inquilinos se inclinaron sobre los cuencos colocados delante de ellos.

Leierne bøyde seg over skålene som var plassert foran dem.

El humo denso de la comida les llegaba hasta la nariz.

Den tunge røyken fra maten dampet opp til nesen deres.

Pero aún no habían decidido si comerían la comida.

Men de hadde ikke bestemt seg for om de ville spise maten ennå.

Quizás enviarían la comida de vuelta a la cocina.

Kanskje de ville sendt maten tilbake til kjøkkenet.

El hombre sentado en el medio parecía ser la autoridad.

Mannen som satt i midten virket å være autoriteten.

Cortó la carne para determinar si estaba lo suficientemente tierna.

Han skar opp kjøttet for å se om det var mørt nok.
Estaba satisfecho con el olor y el aspecto de la comida.
Han var fornøyd med hvordan maten luktet og så ut.
La madre y la hermana los observaban ansiosamente.
Moren og søsteren hadde sett engstelig på dem.
Y empezaron a sonreír con un suspiro de alivio.
Og de begynte å smile med et sukk av oppbygd lettelse.
La propia familia iba a comer en la cocina.
Familien selv skulle spise på kjøkkenet.
Pero primero el padre fue a ver cómo estaban los inquilinos.
Men først gikk faren for å sjekke hvordan det gikk med leieboerne.
Hizo una reverencia, sosteniendo en su mano su gorra de trabajo.
Han bøyde seg én gang, mens han holdt arbeidsluen i hånden.
Y caminó en círculo alrededor de la mesa, hacia cada invitado.
Og han gikk en sirkel rundt bordet, til hver gjest
Todos los inquilinos se pusieron de pie y murmuraron algo entre dientes.
Alle leieboerne reiste seg og mumlet i skjegget.
Después de que él se fue, comieron en un silencio casi absoluto.
Etter at han hadde gått, spiste de i nesten fullstendig stillhet.
A Gregor le pareció extraño que pudiera oír la masticación.
Det virket merkelig på Gregor at han kunne høre tygging.
Ningún otro aspecto de la alimentación parecía emitir ningún sonido.
Ingen andre aspekter ved spising syntes å lage noen lyd.
Pero podía oír claramente el rechinar de los dientes.
Men han kunne tydelig høre tennene gnistre mot hverandre.
Parecían decirle que necesitaba dientes para comer.
De så ut til å fortelle ham at han trengte tenner for å spise.
"No puedes hacer nada si tus mandíbulas no tienen dientes".
«Du kan ikke gjøre noe hvis kjevene dine er tannløse.»
"Me gustaría comer algo", dijo Gregor ansiosamente.
«Jeg har lyst til å spise noe», sa Gregor engstelig.

"Pero no tengo apetito para lo que están comiendo".

«Men jeg har ikke lyst på det dere spiser.»

"Mira cómo comen estos huéspedes y yo aquí muriéndome de hambre".

«Se på disse leieboerne som spiser, og her sitter jeg og sulter.»

Aquella noche Gregor pensó por casualidad en el violín.

Gregor kom tilfeldigvis til å tenke på fiolinen den kvelden.

No había oído el violín desde la transformación.

Han hadde ikke hørt fiolinen siden forvandlingen.

Pero entonces, esta noche, se oyó un ruido desde la cocina.

Men så, i kveld, kom det en lyd fra kjøkkenet.

Los caballeros ya habían terminado su cena.

Herrene hadde allerede spist kveldsmåltidet sitt.

El caballero del medio había comenzado a leer un periódico.

Den mellomste herren hadde begynt å lese en avis.

Les había dado a los otros dos caballeros una hoja a cada uno.

Han hadde gitt de to andre herrene et ark hver.

Y ahora estaban recostados, leyendo y fumando.

Og nå lente de seg tilbake og leste og røykte.

Cuando el violín empezó a sonar, se pusieron atentos.

Da fiolinen begynte å spille, ble de oppmerksomme.

Se levantaron y caminaron de puntillas hacia la puerta de la antesala.

De reiste seg og gikk på tå til døren til forrommet.

Allí estaban, acurrucados juntos, escuchando desde la puerta.

Her sto de tett sammen og lyttet ved døren.

La familia debió haber escuchado a los hombres desde la cocina.

Familien må ha hørt mennene fra kjøkkenet.

Porque el padre los llamó y les preguntó;

Fordi faren ropte på dem og spurte dem;

¿Acaso el violín resulta incómodo para los caballeros?

«Er fiolinen kanskje ukomfortabel for herrene?»

"Si no te gusta la música podemos parar inmediatamente."

«Hvis du ikke liker musikken, kan vi stoppe umiddelbart.»

"Al contrario", dijo el centro de los caballeros.
«Tvert imot», sa den midterste av herrene.
"¿Le gustaría a la señorita tocar el violín en nuestra habitación?"
«Ville den unge damen ha lyst til å spille fiolin på rommet vårt?»
"Definitivamente es mucho más cómodo y acogedor aquí".
«Det er definitivt mye mer komfortabelt og koselig her.»
El padre respondió como si fuera el propio violinista.
Faren svarte som om han var fiolinisten selv.
"Oh, por favor, eso sería maravilloso", exclamó el padre.
«Å, vær så snill, det hadde vært fantastisk», ropte faren.
Los caballeros regresaron a la sala de estar y esperaron.
Herrene gikk tilbake til stuen og ventet.
Pronto el padre entró en la habitación con el atril.
Snart kom faren inn i rommet med noteholderen.
La madre entró en la habitación con el libro de música.
Moren kom inn i rommet med noteboken.
Y la hermana entró en la habitación con el violín.
Og søsteren kom inn i rommet med fiolinen.
Ella preparó todo con calma para tocar el violín.
Hun forberedte rolig alt for å spille fiolin.
Los padres exageraron su cortesía y modales.
Foreldrene overdrev høfligheten og manerene sine.
Nunca antes habían alquilado habitaciones a huéspedes.
De hadde aldri leid ut rom til losjerende før.
Y ni siquiera se atrevieron a sentarse en sus propias sillas.
Og de turte ikke engang å sitte på sine egne stoler.
En lugar de sentarse, el padre se apoyó contra la puerta.
I stedet for å sitte, lente faren seg mot døren.
Su mano derecha estaba entre dos botones de su abrigo.
Høyrehånden hans var mellom to knapper på frakken hans.
Sin embargo, un caballero le ofreció una silla a la madre.
Moren ble imidlertid tilbudt en stol av en herremann.
Pero ella se sentó donde el caballero había colocado la silla.
Men hun satt der herren hadde plassert stolen.
Y no había colocado la silla en ningún lugar determinado.

Og han hadde ikke plassert stolen noe spesielt sted.

Así que la madre se sentó apartada de todos, en un rincón.

Så satt moren avsides fra alle, i et hjørne.

Y finalmente la hermana empezó a tocar el violín.

Og endelig begynte søsteren å spille fiolin.

Los padres, en lados opuestos, prestaron mucha atención.

Foreldrene, på motsatte sider, fulgte nøye med.

Y observaban atentamente cada movimiento de su mano.

Og de fulgte nøye med på hver bevegelse av hånden hennes.

Gregor también se sentía atraído por la interpretación del violín.

Gregor ble også tiltrukket av fiolinspillingen.

Y se aventuró a salir de su habitación un poco más lejos.

Og han våget seg litt lenger ut av rommet sitt.

Él ya estaba con la cabeza dentro de la sala.

Han var allerede med hodet inne i stuen.

Solía enorgullecerse de ser muy considerado.

Han pleide å være veldig hensynsfull.

Pero últimamente casi no cuestiona su falta de cuidado.

Men i det siste stilte han knapt spørsmål ved sin mangel på omsorg.

Aunque ahora tenía más motivos para esconderse que antes.

Selv om han hadde flere grunner til å gjemme seg nå enn før.

Porque su habitación estaba cubierta de polvo y suciedad diversa.

Fordi rommet hans var dekket av støv og annet skitt.

El más leve movimiento levantaba todo tipo de suciedad.

Den minste bevegelse virvlet opp all slags skitt.

Toda esa suciedad se le pegó: polvo, pelo, restos de comida.

Alt dette smusset klistret seg til ham; støv, hår, matrester.

Podría haber frotado la suciedad contra la alfombra.

Han kunne ha gnidd skitten av teppet.

Esto era algo que solía hacer varias veces al día.

Dette var noe han pleide å gjøre flere ganger daglig.

Pero su indiferencia hacia todo era demasiado grande.

Men likegyldigheten hans til alt var altfor stor.

Así que no tuvo miedo de avanzar un poco más.

Så han var ikke redd for å gå litt videre.
Y se trasladó al inmaculado suelo de la sala de estar.
Og han gikk over på det plettfrie gulvet i stuen.
Sin embargo, nadie se dio cuenta ni le prestó atención.
Imidlertid la ingen merke til ham, eller ga ham noen oppmerksomhet.
La familia estaba completamente absorta en el concierto.
Familien var fullstendig oppslukt av konserten.
Los caballeros, por el contrario, inicialmente se retiraron.
Herrene, derimot, trakk seg først tilbake.
Y se quedaron cerca, detrás del atril de la hermana.
Og de sto tett bak søsterens notestativ.
Si hubieran mirado habrían podido ver las notas musicales.
Hvis de hadde sett, kunne de ha sett notene.
Esto, por supuesto, habría perturbado a la hermana.
Dette ville selvsagt ha forstyrret søsteren.
Luego se quedaron de pie junto a la ventana, en lugar de sentarse.
Så sto de ved vinduet, i stedet for å sitte ned.
Con las manos en los bolsillos seguían hablando.
Med hendene i lommene fortsatte de å snakke.
Permanecieron allí mientras el padre observaba ansiosamente.
De ble værende der mens faren så engstelig på.
Uno tenía la impresión de que tenían otras expectativas.
Man hadde inntrykk av at de hadde andre forventninger.
Y realmente parecía como si se hubieran decepcionado.
Og det virket virkelig som om de hadde blitt skuffet.
Parecía que ya estaban hartos de la actuación.
Det virket som om de hadde fått nok av forestillingen.
Habían permitido que el violín perturbara su paz.
De hadde latt fiolinen forstyrre freden sin.
Y sólo toleraban la música por cortesía.
Og de tolererte bare musikken av høflighet.
Lo que más me desconcertó fue cómo expulsaron el humo.
Hvordan de blåste bort røyken var spesielt urovekkende.
Y aún así, tocaba el violín maravillosamente.

Og likevel spilte hun fiolin så vakkert.

Su rostro estaba inclinado suavemente hacia un lado, sobre el violín.

Ansiktet hennes var forsiktig på skrå, på fiolinen.

Sus ojos buscaban con tristeza las líneas musicales.

Øynene hennes lette trist langs musikklinjene.

Gregor se sintió atraído un poco más hacia la sala de estar.

Gregor følte seg litt mer dratt inn i stuen.

Mantuvo la cabeza cerca del suelo, pero miró hacia arriba.

Han holdt hodet tett på bakken, men så oppover.

Tal vez de esta manera la mirada de su hermana podría encontrarse con la suya.

Kanskje søsterens blikk ville møte ham på denne måten.

¿Puede realmente decirse que era sólo un animal?

Kan man virkelig si at han bare var et dyr?

¿Era un animal si la música podía cautivarlo tanto?

Var han et dyr hvis musikk kunne fengsle ham så mye?

Sintió como si le mostraran un camino hacia una alimentación desconocida.

Han følte at han ble vist en vei til ukjent næring.

Quizás éste era el sustento que le faltaba.

Kanskje var dette næringen han manglet.

Estaba decidido a dirigirse hacia su hermana.

Han var fast bestemt på å gå mot søsteren sin.

Quería tirar de su falda para llamar su atención.

Han ville dra i skjørtet hennes for å få oppmerksomheten hennes.

Quería darle una indicación de una invitación.

Han ville gi henne en indikasjon på en invitasjon.

"Ven a tocar el violín en mi habitación", quiso decir.

«Kom og spill fiolin på rommet mitt», ville han si.

Él quería que ella fuera recompensada por su hermosa música.

Han ville at hun skulle bli belønnet for sin vakre musikk.

"Aquí nadie te recompensa por tocar el violín".

«Ingen her belønner deg for å spille fiolin.»

Él ya no quería dejarla salir de su habitación.

Han ville ikke slippe henne ut av rommet sitt lenger.
Él quería que ella permaneciera con él mientras viviera.
Han ville at hun skulle bli hos ham så lenge han levde.
Por primera vez su transformación tuvo un beneficio.
For første gang hadde forvandlingen hans en fordel.
Su deformidad finalmente iba a serle útil.
Misdannelsen hans skulle endelig bli nyttig for ham.
Quería estar en las cuatro puertas simultáneamente.
Han ville være ved alle fire dørene samtidig.
Quería silbarles y escupirles desde todos los ángulos.
Han ville hvese og spytte på dem fra alle kanter.
Su hermana no debería verse obligada a quedarse con él.
Søsteren hans burde ikke bli tvunget til å bli hos ham.
Él quería que ella eligiera quedarse con él voluntariamente.
Han ville at hun frivillig skulle velge å bli hos ham.
Ella iba a sentarse a su lado e inclinarse hacia él.
Hun skulle til å sette seg ved siden av ham og bøye seg ned
mot ham.
Y le iba a contar sobre la escuela de música.
Og han skulle fortelle henne om musikkskolen.
Tenía la firme intención de enviarla a la academia.
Han hadde den faste intensjon å sende henne til akademiet.
Se lo habría contado a todo el mundo la pasada Navidad.
Han ville ha fortalt alle om dette forrige jul.
¿Ya había llegado y pasado realmente la Navidad?
Var julen virkelig kommet og gått igjen allerede?
Y no habría dejado que nadie le disuadiera de ello.
Og han ville ikke la noen fraråde ham det.
Pero entonces el desafortunado accidente lo detuvo todo.
Men så stoppet den uheldige ulykken alt.
La hermana se habría sentido abrumada por la emoción.
Søsteren ville ha blitt overveldet av følelser.
Y entonces Gregor se habría subido hasta su hombro.
Og så ville Gregor ha klatret opp på skulderen hennes.
Y la habría consolado besándole el cuello.
Og han ville ha trøstet henne ved å kysse henne på halsen.
—¡Señor Samsa! —gritó el hombre del medio al padre.

«Herr Samsa!» ropte mannen i midten til faren.

Señalaba con su dedo índice hacia Gregor.

Han pekte med pekefingeren ned mot Gregor.

Gregor se movía lentamente por el suelo de la sala de estar.

Gregor beveget seg sakte over stuegulvet.

El sonido del violín se silenció muy rápidamente.

Fiolinspillingen ble raskt stille.

El del medio de los tres hombres sonrió a sus amigos.

Den midterste av de tre mennene smilte til vennene sine.

Luego meneó la cabeza y volvió a mirar a Gregor.

Så ristet han på hodet og så tilbake på Gregor.

El padre podría haber obligado a Gregor a regresar a su habitación.

Faren kunne ha tvunget Gregor tilbake til rommet sitt.

Pero esa no fue la primera acción que decidió tomar.

Men det var ikke det første tiltaket han bestemte seg for.

Pensó que era más importante calmar a los caballeros.

Han mente det var viktigere å roe ned herrene.

Aunque en realidad no estaban molestos en absoluto por Gregor.

Selv om de egentlig ikke var opprørte over Gregor i det hele tatt.

Gregor parecía más entretenido que tocar el violín.

Gregor virket mer underholdende enn fiolinspillingen.

Corrió hacia ellos con los brazos extendidos.

Han løp bort til dem med utstrakte armer.

Estaba intentando hacer lo mejor que podía para ocultar su visión de Gregor.

Han prøvde sitt beste å skjule synet deres på Gregor.

Y trató de animarlos a regresar a su habitación.

Og han prøvde å oppmuntre dem tilbake til rommet sitt.

En realidad, esto los hizo enfadar un poco.

Hvis noe, gjorde dette dem faktisk litt irriterte.

Pero era difícil decir exactamente qué les molestaba.

Men det var vanskelig å si hva som egentlig irriterte dem.

El padre estaba arruinando la diversión de la noche.

Faren ødela kveldens underholdning.

Pero también acababan de enterarse de su nuevo compañero de piso.

Men de hadde også nettopp fått vite om sin nye bofelle.

Levantaron las manos tal como lo había hecho el padre.

De løftet hendene akkurat som faren hadde gjort.

Exigieron una explicación inmediata al padre.

De krevde en umiddelbar forklaring fra faren.

Se tiraron inquietos de la barba esperando una respuesta.

De dro rastløst i skjegget for å få et svar.

Y retrocedieron hasta su habitación, pero muy lentamente.

Og de beveget seg baklengs til rommet sitt, men veldig sakte.

La interrupción había dejado a la hermana en trance.

Avbruddet hadde satt søsteren i transe.

Dejó que el violín y el arco colgaran a su lado.

Hun lot fiolinen og buen henge ned langs siden.

Y ella miraba la partitura como si todavía estuviera tocando.

Og hun så på notene som om hun fortsatt spilte.

Pero de repente ella regresó a la habitación.

Men så plutselig dro hun seg tilbake inn i rommet.

Y ahora había superado el sentimiento de estar perdida.

Og nå hadde hun overvunnet følelsen av å være fortapt.

Ella colocó el instrumento musical en el regazo de su madre.

Hun plasserte musikkinstrumentet på morens fang.

La madre estaba sentada en la silla, respirando con dificultad.

Moren satt i stolen og pustet tungt.

Y entonces la hermana tuvo que correr a la habitación de al lado.

Og så måtte søsteren løpe inn i naborommet.

Tenía que dejar todo listo para los caballeros.

Hun måtte gjøre alt klart for herrene.

Ella arrojó las mantas y los cojines al aire.

Hun kastet teppene og putene opp i luften.

Y con sus manos expertas dispuso toda la ropa de cama.

Og med sine kyndige hender ordnet hun alt sengetøyet.

Terminó antes de que los caballeros llegaran a la habitación.

Hun var ferdig før herrene kom til rommet.

Y ella se escabulló antes de interponerse en su camino.
Og hun snek seg ut før hun kom i veien for dem.
El padre parecía estar dominado por su propia terquedad.
Faren virket grepet av sin egen stahet.
Y así olvidó todo respeto que debía a sus inquilinos.
Og dermed glemte han all respekt han skyldte leieboerne sine.
Empujó y empujó hasta que su portavoz se opuso.
Han dyttet og dyttet helt til talspersonen deres protesterte.
Al llegar a la puerta, dio una patada furiosa.
Han stampet sint med foten da han kom til døren.
Y con esto logró detener al padre.
Og dermed brakte han faren til stillstand.
"Por la presente declaro", comenzó dirigiéndose a su propietario.
«Jeg erklærer herved», begynte han å henvende seg til husverten sin.
Y levantó la mano, mirando a toda la familia.
Og han løftet hånden og så på hele familien.
"En cuanto a las repugnantes condiciones de la habitación;"
"Med hensyn til de motbydelige forholdene i rommet;"
Y se aseguró de que todos escucharan sus palabras.
Og han sørget for at alle lyttet til ordene hans.
"Por la presente, le comunico que desocuparé mi habitación".
«Jeg gir herved beskjed om at jeg forlater rommet mitt.»
Y reiteró su punto escupiendo en el suelo.
Og han understreket poenget sitt ytterligere ved å spytte i bakken.
"Tampoco pagaré por los días que he vivido aquí."
«Jeg vil heller ikke betale for de dagene jeg har bodd her.»
Sin embargo, no estaba completamente satisfecho con este reembolso.
Han var imidlertid ikke helt fornøyd med denne refusjonen.
"Y consideraré hacer otras demandas contra usted."
«Og jeg vil vurdere å stille andre krav mot deg.»
Créeme, tales exigencias serán muy fáciles de justificar.
«Tro meg, slike krav vil være veldig enkle å rettferdiggjøre.»
Él permaneció en silencio y miró directamente al padre.

Han var stille og så rett frem på faren.

Parecía estar esperando que sucediera algo más.

Han virket som om han forventet at noe mer skulle skje.

De hecho, sus dos amigos inmediatamente tuvieron la misma idea.

Faktisk fikk de to vennene hans umiddelbart den samme ideen.

"También estamos cancelando nuestras habitaciones", dijeron al unísono.

«Vi avlyser også rommene våre», sa de i kor.

Luego agarró la manija de la puerta y cerró la puerta.

Så grep han tak i dørhåndtaket og lukket døren.

Y con un fuerte estruendo se encerraron en su habitación.

Og med et høyt smell stengte de seg inne på rommet sitt.

El padre se tambaleó hasta su silla con manos torpes.

Faren vaklet bort til stolen sin med famlende hender.

Y se dejó caer en la silla, derrotado.

Og han lot seg falle ned i stolen, beseiret.

Parecía como si fuera a echar su siesta vespertina habitual.

Det så ut som om han skulle ta sin vanlige kveldslur.

Pero su cabeza asintió casi como si no tuviera apoyo.

Men hodet hans nikket nesten som om det ikke var støttet.

Y se podía ver que no estaba durmiendo en absoluto.

Og det kunne sees at han ikke sov i det hele tatt.

Durante todo este tiempo Gregor no se había movido de su sitio.

Gjennom alt dette hadde ikke Gregor rørt seg fra plassen sin.

Todavía estaba donde los caballeros lo habían visto por primera vez.

Han var fortsatt der herrene først hadde sett ham.

Incluso si hubiera querido moverse, le resultó imposible.

Selv om han ville flytte, fant han det umulig.

Por su decepción, o por su hambre.

På grunn av skuffelsen hans, eller på grunn av sulten hans.

Estaba decepcionado por el fracaso de su plan.

Han var skuffet over at planen hans mislyktes.

Y estaba débil por el hambre prolongada que sentía.

Og han var svak av den langvarige sulten han følte.

Estaba seguro de que en cualquier momento todos se volverían contra él.

Han var sikker på at alle ville snu seg mot ham når som helst.

Con esta expectativa de colapso inminente, esperó.

Med denne forventningen om forestående kollaps ventet han.

El violín empezó a deslizarse del regazo de la madre.

Fiolinen begynte å gli av morens fang.

Con un sonido resonante el violín cayó al suelo.

Med en rungende lyd falt fiolinen til bakken.

Pero ni siquiera ese repentino ruido estrepitoso lo sobresaltó.

Men ikke engang denne plutselige lyden av et smell skremte ham.

«Queridos padres», dijo la hermana, «esto no puede continuar».

«Kjære foreldre», sa søsteren, «dette kan ikke fortsette.»

Y golpeó la mesa con la mano para dejar claro su punto.

Og hun slo hånden i bordet for å bevise poenget sitt.

"No diré el nombre de mi hermano delante de este monstruo".

«Jeg vil ikke si brorens navn foran dette monsteret.»

"Por eso lo digo lo más claramente posible:"

«Det er derfor jeg sier dette så direkte som mulig:»

"No tenemos otra opción que deshacernos de este animal".

«Vi har ikke noe annet valg enn å bli kvitt dette dyret.»

"Hicimos lo mejor que pudimos para tolerar y cuidar a este animal".

«Vi gjorde vårt beste for å tolerere og ta vare på dette dyret.»

"No creo que nadie pueda culparnos en lo más mínimo".

«Jeg tror ikke noen kan klandre oss i det minste.»

"Tiene mil veces razón", asintió el padre.

«Hun har tusen ganger rett», sa faren enig.

La madre aún no había recuperado del todo el aliento.

Moren hadde fortsatt ikke fått helt igjen pusten.

Ella empezó a toser sordamente en su mano, respirando con dificultad.

Hun begynte å hoste dumpt i hånden og pustet tungt.
Y una expresión de locura comenzó a surgir en sus ojos.
Og et vanvittig uttrykk begynte å dukke opp i øynene hennes.
La hermana corrió hacia su madre y le sujetó la frente.
Søsteren løp bort til moren sin og holdt henne i pannen.
El padre pareció inspirarse en las palabras de la hermana.
Faren virket å være inspirert av søsterens ord.
Y sus pensamientos parecían ser más claros que antes.
Og tankene hans virket klarere enn før.
Dejó de asentir con la cabeza y volvió a sentarse derecho.
Han sluttet å nikke og satte seg oppreist igjen.
**Y jugaba con la gorra de sirviente, sumido en sus
pensamientos.**
Og han lekte med tjenerens lue, dypt forsunket i tanker.
Los platos de los inquilinos todavía estaban sobre la mesa.
Tallerkenene fra leieboerne lå fortsatt på bordet.
Y a veces miraba hacia el silencioso Gregor.
Og han så noen ganger mot den tause Gregor.
**"Tenemos que intentar deshacernos de él", le dijo la
hermana.**
«Vi må prøve å bli kvitt den», sa søsteren til ham.
**La madre estaba demasiado ocupada tosiendo como para
escuchar.**
Moren var for opptatt med å hoste til å lytte.
"Los matará a ambos, ya lo veo venir."
«Det kommer til å drepe dere begge, jeg kan allerede se det
komme.»
**"No podemos seguir trabajando tan duro como lo hacemos
todos."**
«Vi kan ikke alle fortsette å jobbe så hardt som vi gjør.»
**"Y cada día tenemos que volver a casa y encontrarnos con
esta tortura."**
«Og hver dag må vi komme hjem til denne torturen.»
"No podemos soportarlo más. No puedo soportarlo."
«Vi klarer ikke å holde det ut lenger. Jeg klarer ikke å holde
det ut.»
Ella cayó ante su madre en un último estallido de lágrimas.

Hun falt ned for moren sin i et siste gråtutbrudd.

Las lágrimas cayeron por su rostro y sobre el de su madre.

Tårene rant nedover ansiktet hennes og ned på morens.

Y se secó las lágrimas con un movimiento mecánico.

Og hun tørket tårene bort i en mekanisk bevegelse.

"Hijo mío", dijo el padre con voz compasiva.

«Barnet mitt», sa faren med medfølende stemme.

Había profunda simpatía y comprensión en su voz.

Det var dyp sympati og forståelse i stemmen hans.

«Pero ¿qué debemos hacer?», confesó no saberlo.

«Men hva skal vi gjøre?» innrømmet han at han ikke visste det.

La hermana simplemente se encogió de hombros con impotencia.

Søsteren bare trakk på skuldrene i hjelpeløshet.

Y su confianza anterior fue reemplazada nuevamente por lágrimas.

Og hennes tidligere selvtillit ble erstattet av tårer igjen.

«Si nos entendiera», dijo el padre en voz alta.

«Om han bare forsto oss», sa faren høyt.

Y se preguntó si tal vez Gregor entendía.

Og han stilte spørsmål ved om Gregor kanskje forsto.

La hermana simplemente sacudió su mano violentamente mientras lloraba.

Søsteren bare håndhilste voldsomt mens hun gråt.

Y entonces ella señaló que no se debía pensar en esa idea.

Og dermed signaliserte hun at ideen ikke burde bli vurdert.

«¡Si nos comprendiera!», repitió el padre.

«Men om han bare forsto oss», gjentok faren.

Cerrando los ojos consideró la respuesta de la hermana.

Ved å lukke øynene vurderte han søsterens svar.

"Si lo entendiera se podría llegar a un acuerdo con él."

«Hvis han forsto det, kunne det inngås en avtale med ham.»

"Pero estando las cosas como están..."

"Men siden ting er som de er ..."

"Tiene que irse", gritó la hermana, "es la única manera".

«Det må bort,» ropte søsteren, «det er den eneste måten.»

"Tienes que deshacerte de la idea de que es Gregor".

«Du må legge fra deg tanken om at det er Gregor.»

"Que lo hayamos creído durante tanto tiempo es nuestra verdadera desgracia."

«At vi trodde det så lenge er vår virkelige ulykke.»

«¿Pero cómo puede ser Gregor?», le preguntó a su padre.

«Men hvordan kan det være Gregor?» spurte hun faren sin.

"Sabía que un animal así no podía coexistir con los humanos".

«Han visste at et slikt dyr ikke kan sameksistere med mennesker.»

Gregor nos habría abandonado hace mucho tiempo, voluntariamente.

«Gregor ville ha forlatt oss for lenge siden, frivillig.»

"Es cierto, entonces no tendríamos ningún hermano."

«Det er sant, da ville vi ikke hatt noen bror.»

"Pero podríamos seguir viviendo y honrar su memoria".

«Men vi kunne fortsette å leve og hedre hans minne.»

"Pero esta bestia nos persigue y ahuyenta a nuestros labradores."

«Men dette dyret forfølger oss og jager bort leieboerne våre.»

"Es evidente que quiere apoderarse de todo el apartamento".

«Den vil tydeligvis ta over hele leiligheten.»

"Esta bestia quiere hacernos dormir en la calle."

«Dette beistet vil få oss til å sove på gaten.»

«Mira, padre», gritó de repente, «¡se mueve otra vez!»

«Se, far,» ropte hun plutselig, «han beveger seg igjen!»

E hizo algo que ni siquiera Gregor pudo entender.

Og hun gjorde noe selv Gregor ikke kunne forstå.

Ella se apartó, como sacrificando a la madre.

Hun dyttet seg unna, som om hun ofret moren.

Y ella corrió detrás de su padre buscando algún tipo de seguridad.

Og hun løp bak faren sin for en slags sikkerhet.

El padre estaba agitado únicamente porque su hija lo estaba.

Faren var bare opprørt fordi datteren hans var det.

Pero entonces él también se levantó y levantó los brazos sobre ella.

Men så reiste han seg også opp, og løftet armene over henne.

Pero Gregor no tenía intención de asustar a nadie.

Men Gregor hadde ikke hatt noen intensjon om å skremme noen.

Sobre todo no pensó en asustar a su hermana.

Han tenkte spesielt ikke på å skremme søsteren sin.

Él sólo estaba intentando regresar a su habitación.

Han prøvde bare å snu seg tilbake mot rommet sitt.

Pero dado que su estado estaba empeorando, incluso esto era difícil.

Men i hans forverrede tilstand var selv dette vanskelig.

Y ya no tenía pleno uso de todas sus piernas.

Og han hadde ikke full bruk av alle beina sine lenger.

Entonces usó su cabeza para levantar su cuerpo y girar.

Så brukte han hodet til å løfte kroppen og snu seg.

Hizo una pausa y miró a su alrededor esperando la aprobación de la familia.

Han stoppet opp og så seg rundt for å få familiens godkjennelse.

Su buena intención parecía haber sido reconocida.

Hans gode intensjoner syntes å ha blitt anerkjent.

Su movimiento sólo había sido un shock momentáneo para ellos.

Bevegelsene hans hadde bare vært et øyeblikks sjokk for dem.

Ahora todos lo miraban en un silencio infeliz.

Nå så de alle på ham i ulykkelig stillhet.

La madre seguía tumbada en el sillón, exhausta.

Moren lå fortsatt i lenestolen, utmattet.

El padre y la hermana estaban sentados uno al lado del otro.

Faren og søsteren satt ved siden av hverandre.

«Quizás ahora me dejen dar la vuelta», pensó Gregor.

«Kanskje de lar meg snu nå», tenkte Gregor.

Y continuó haciendo su torpe movimiento de giro.

Og han fortsatte å gjøre den klossete snubevegelsen sin.

No podía reprimir los jadeos ocasionales de esfuerzo.

Han klarte ikke å undertrykke de sporadiske gispene av anstrengelse.

Y se vio obligado a descansar un par de veces entre uno y otro.

Og han ble tvunget til å hvile et par ganger i mellom.

Ya nadie le obligaba a apresurarse; la decisión estaba en sus manos.

Ingen tvang ham til å skynde seg nå; det var opp til ham.

Al final completó el giro lento y doloroso.

Til slutt fullførte han den langsomme og smertefulle svingen.

Inmediatamente comenzó a caminar directamente de regreso a su habitación.

Han begynte umiddelbart å gå rett tilbake til rommet sitt.

Se sorprendió de lo lejos que estaba de su habitación.

Han ble overrasket over hvor langt unna rommet sitt han var.

¿Cómo, a pesar de su debilidad, había llegado allí antes?

Hvordan hadde han, til tross for sin svakhet, kommet dit tidligere?

Había recorrido casi el mismo camino sin darse cuenta.

Han hadde reist nesten samme vei uten å legge merke til det.

Ahora él sólo se concentró en gatear tan rápido como podía.

Han konsentrerte seg bare om å krype så fort han kunne nå.

La falta de comentarios por parte de alguien no le inquietó.

Mangelen på kommentarer fra noen plaget ham ikke.

Sólo cuando ya estaba en la puerta giró la cabeza.

Først da han allerede var innenfor døren, snudde han hodet.

Pero no pudo darse la vuelta para mirar hacia atrás por completo.

Men han klarte ikke å snu seg for å se seg helt tilbake.

Porque sintió que su cuello se ponía aún más rígido al girarse.

Fordi han kjente nakken stivne enda mer da han snudde seg.

Pero vio que de todas formas nada había cambiado detrás de él.

Men han så at ingenting hadde forandret seg bak ham uansett.

La única diferencia fue que su hermana se puso de pie.

Den eneste forskjellen var at søsteren hans hadde reist seg.

Su última mirada mostró que su madre se había quedado dormida.

Hans siste blikk viste at moren hans hadde sovnet.

Tan pronto como estuvo dentro de su habitación la puerta se cerró.

Så snart han var inne på rommet sitt, ble døren lukket.

Y tan pronto como la puerta se cerró, el cerrojo quedó bloqueado.

Og så snart døren var lukket, ble den låst.

Gregor se asustó por el ruido inesperado que se oía detrás.

Gregor ble skremt av den uventede lyden bak.

Y sus piernas se doblaron bajo él por la repentina sorpresa.

Og beina hans sviktet under ham av den plutselige overraskelsen.

Fue la hermana quien corrió hacia la puerta detrás de él.

Det var søsteren som hadde løpt til døren bak ham.

Ella ya se encontraba allí de pie, esperándolo.

Hun hadde allerede stått der oppreist og ventet på ham.

Luego saltó hacia delante ligeramente sin que Gregor la oyera.

Så hoppet hun lett fremover uten at Gregor hørte det.

"¡Por fin!" gritó en voz alta mientras giraba la llave.

«Endelig!» ropte hun høyt, idet hun vred om nøkkelen.

"¿Y ahora qué?", se preguntó Gregor, solo en la oscuridad.

«Hva nå?» spurte Gregor seg selv, alene i mørket.

Pronto descubrió que ya no podía moverse en absoluto.

Han oppdaget snart at han ikke lenger kunne bevege seg i det hele tatt.

Pero no le sorprendió realmente su inmovilidad.

Men han var egentlig ikke overrasket over sin immobilitet.

Poder moverse con piernas tan delgadas parecía ridículo.

Å kunne bevege seg på så tynne bein virket latterlig.

No sabía cómo había sido capaz de hacerlo.

Han visste ikke hvordan han noen gang hadde klart å gjøre det.

Pero aparte de eso se sentía relativamente cómodo.

Men bortsett fra det følte han seg relativt komfortabel.

Es cierto que sentía un dolor profundo en todo el cuerpo.
Det er sant at han kjente dype smerter i hele kroppen.
Pero el dolor parecía hacerse cada vez más débil.
Men smerten virket som om den ble svakere og svakere.
Y sintió que el dolor eventualmente desaparecería.
Og han følte at smerten til slutt ville forsvinne.
Ya casi no sentía la manzana podrida en su espalda.
Han kjente knapt det råtne eplet i ryggen lenger.
Pensó en su familia con emoción y amor.
Han tenkte tilbake på familien sin med følelser og kjærlighet.
Sintió las emociones de su hermana incluso más que ella misma.
Han følte søsterens følelser enda mer enn hun hadde gjort.
Ella tenía razón en lo que había dicho: él tenía que irse.
Hun hadde rett i det hun hadde sagt; han måtte dra.
Pasó algún tiempo en ese estado vacío y pacífico.
Han tilbrakte litt tid i denne tomme og fredelige tilstanden.
El reloj dio tres veces, silenciosamente, pero con firmeza.
Klokken slo tre ganger, stille, men bestemt.
Gregor fue sacado suavemente de sus meditaciones.
Gregor ble forsiktig trukket ut av sine betraktninger.
Observó cómo la luz de la mañana entraba lentamente en su habitación.
Han så morgenlyset sakte komme inn på rommet hans.
Entonces su cabeza se hundió por completo, sin su voluntad.
Så sank hodet hans helt ned, uten at han ville det.
Y su último aliento fluyó débilmente de su nariz.
Og hans siste åndedrag strømmet svakt fra neseborene hans.

La criada entró en su habitación temprano en la mañana.
Hushjelpen kom inn på rommet hans tidlig om morgenen.
No encontró nada inusual durante su corta visita habitual.
Hun fant ingenting uvanlig under sitt vanlige korte besøk.
Con fuerza y prisa cerró de golpe todas las puertas.
Av styrke og hastverk smalt hun igjen alle dørene.
No fue posible dormir tranquilo en todo el apartamento.
Det var ikke mulig å sove fredelig i hele leiligheten.

Le habían pedido que evitara hacer esto por la mañana.
Hun hadde blitt bedt om å unngå å gjøre dette om morgenen.
Ella pensó que él yacía allí inmóvil a propósito.
Hun trodde han lå der så ubevegelig med vilje.
Quizás quería demostrarle que estaba ofendido.
Kanskje han ville vise henne at han var fornærmet.
Ella confiaba en que él tenía todo tipo de inteligencia.
Hun stolte på at han hadde all slags intelligens.
Ella sostenía por casualidad la escoba larga en su mano.
Hun holdt tilfeldigvis den lange kosten i hånden.
Entonces, desde la puerta, intentó hacerle un poco de cosquillas a Gregor.
Så, fra døren, prøvde hun å kile Gregor litt.
Ella estaba un poco molesta porque él no respondió en absoluto.
Hun ble litt irritert over at han ikke svarte i det hele tatt.
Así que esta vez lo empujó un poco más firmemente.
Så hun presset ham litt hardere denne gangen.
Cuando él no ofreció resistencia, ella lo miró más de cerca.
Da han ikke viste motstand, så hun nærmere på ham.
Pronto se dio cuenta de lo que realmente le había sucedido a Gregor.
Hun forsto snart hva som egentlig hadde skjedd med Gregor.
Abrió más los ojos y silbó para sí misma.
Hun åpnet øynene ytterligere og plystret for seg selv.
Pero no perdió mucho tiempo antes de abrir la puerta.
Men hun kastet ikke bort mye tid før hun åpnet døren.
Y clamó a gran voz en la oscuridad:
Og hun ropte med høy stemme ut i mørket:
"Ven a echarle un vistazo, ahí está, completamente muerto."
«Kom og ta en titt, der ligger den, helt død.»
Los dos padres estaban sentados erguidos en el lecho conyugal.
De to foreldrene satt oppreist i sin ekteseng.
Primero tuvieron que superar el impacto del ruido.
Først måtte de overvinne sjokket fra støyen.
Pero poco a poco empezaron a comprender su mensaje.

Men så begynte de sakte å forstå budskapet hennes.
El señor y la señora Samsa saltaron cada uno de su lado de la cama.
Herr og fru Samsa hoppet ut på hver sin side av sengen.
El señor Samsa se echó la gruesa manta sobre los hombros.
Herr Samsa kastet det tykke teppet over skuldrene.
Y la señora Samsa salió sin nada más que su camisón.
Og fru Samsa kom ut iført ingenting annet enn nattkjolen sin.
Y así entraron en la habitación de Gregor.
Og slik kom de inn i Gregors rom.
Mientras tanto, la puerta de la sala de estar también se había abierto.
I mellomtiden hadde også døren til stuen åpnet seg.
Grete había dormido allí desde que los inquilinos se mudaron.
Grete hadde sovet der siden leieboerne flyttet inn.
Estaba completamente vestida como si no hubiera dormido en absoluto.
Hun var fullt påkledd som om hun ikke hadde sovet i det hele tatt.
Su rostro pálido también parecía demostrar su falta de sueño.
Det bleke ansiktet hennes syntes også å bevise hennes søvnmangel.
"¿Está muerto?" preguntó la señora Samsa, mirando a la criada.
«Er han død?» spurte fru Samsa og så på hushjelpen.
Ella podría haberlo confirmado mirándolo ella misma.
Hun kunne ha bekreftet dette ved å se på ham selv.
"Creo que sí", dijo la criada cogiendo la escoba.
«Jeg tror det», sa hushjelpen og plukket opp kosten.
Y ella empujó su cuerpo muy lejos por el suelo.
Og hun dyttet kroppen hans langt over gulvet.
La señora Samsa hizo un movimiento como si quisiera detenerla.
Fru Samsa gjorde en bevegelse som om hun ville stoppe henne.

Pero al final dejó que la criada llevara a Gregor de un lado a otro.

Men til slutt lot hun hushjelpen skyve Gregor rundt.

—Bueno —dijo el señor Samsa—, por fin podemos dar gracias a Dios.

«Vel,» sa herr Samsa, «endelig kan vi takke Gud.»

Hizo la señal de la cruz; cabeza, pecho, hombros.

Han gjorde korsets tegn; hode, bryst, skuldre.

Y las tres mujeres siguieron su ejemplo religioso.

Og de tre kvinnene fulgte hans religiøse eksempel.

Grete, que no apartaba la vista del cadáver, dijo:

Grete, som ikke tok blikket fra liket, sa;

"Mira qué delgado estaba, hacía tanto tiempo que no comía."

«Se hvor tynn han var, han har ikke spist på så lenge.»

"La comida que le dejaba cada mañana siempre estaba intacta."

«Maten jeg ga ham hver morgen var alltid urørt.»

De hecho, el cuerpo de Gregor estaba completamente plano y seco.

Faktisk var Gregors kropp helt flat og tørr.

Esto era más visible ahora que estaba en el suelo.

Dette var mer synlig nå som han var på bakken.

Porque su cuerpo ya no era levantado por sus piernas.

Fordi kroppen hans ikke lenger kunne løftes opp av beina.

Y porque no había nada más que distrajera la vista.

Og fordi det ikke var noe annet som forstyrret utsikten.

—Ven un rato con nosotros, Grete —dijo la señora Samsa.

«Kom inn med oss en stund, Grete», sa fru Samsa.

Había una sonrisa dolorosa en sus labios mientras hablaba.

Det var et smertefullt smil på leppene hennes mens hun snakket.

Grete los siguió, pero también miró hacia el cadáver.

Grete fulgte etter dem, men så også tilbake på liket.

La criada cerró la puerta y abrió completamente la ventana.

Hushjelpen lukket døren og åpnet vinduet helt.

Todavía era temprano, por lo que normalmente el aire estaría frío.

Det var fortsatt tidlig, så luften ville vanligvis være kald.
Pero también había una mezcla de calidez en el aire frío.
Men det var også en blanding av varme i den kalde luften.
Como un suave recordatorio de que ya era finales de marzo.
Som en myk påminnelse om at det nå var slutten av mars.
Los tres inquilinos ahora también salieron de su habitación.
De tre leieboerne gikk nå også ut av rommet sitt.
Miraron a su alrededor con asombro en busca de su desayuno.
De så seg forundret rundt etter frokosten sin.
El desayuno fue olvidado por lo que encontró la criada.
Frokosten ble glemt på grunn av det hushjelpen fant.
"¿Dónde está el desayuno?" se quejó el caballero del medio.
«Hvor er frokosten?» mumlet den midterste herren.
La criada se llevó el dedo a la boca para ordenar silencio.
Hushjelpen holdt fingeren for munnen for å beordre ro.
Y ella rápidamente y en silencio saludó a los caballeros.
Og hun vinket raskt og stille til herrene.
La criada acompañó a los tres caballeros a la habitación.
Hushjelpen ledet de tre herrene inn i rommet.
Y continuó explicándoles lo que había sucedido.
Og hun fortsatte å forklare dem hva som hadde skjedd.
Y los tres caballeros estaban alrededor del cadáver de Gregor.
Og de tre herrene sto rundt Gregors lik.
Con las manos en los bolsillos miraron hacia abajo.
Med hendene i lommene så de ned.
La luz de la mañana ahora había inundado completamente la habitación.
Morgenlyset hadde nå fylt rommet fullstendig.
Entonces se abrió la puerta del dormitorio y apareció el señor Samsa.
Så åpnet soveromsdøren seg, og herr Samsa dukket opp.
A un lado estaba su esposa y al otro su hija.
På den ene siden var kona hans, og på den andre siden datteren hans.
Para entonces el señor Samsa ya llevaba puesto su uniforme.

Herr Samsa hadde allerede på seg uniformen sin nå.

Se podía ver que todos habían estado llorando un poco.

Man kunne se at alle hadde grått litt.

Grete presionó su cara contra el brazo de su padre.

Grete presset ansiktet mot farens arm.

"¡Sal de mi apartamento inmediatamente!" ordenó el señor Samsa.

«Forlat leiligheten min umiddelbart!» beordret herr Samsa.

Y señaló la puerta sin dejar salir a las mujeres.

Og han pekte mot døren uten å slippe kvinnene fri.

"¿Qué quieres decir?" preguntó el intermediario desconcertado.

«Hva mener du?» spurte mellommannen forvirret.

Y él hizo lo mejor que pudo para sonreír dulcemente al señor Samsa.

Og han gjorde sitt beste for å smile søtt til herr Samsa.

Los otros dos llevaban las manos tras la espalda.

De to andre holdt hendene bak ryggen.

Y se frotaron las manos con anticipación.

Og de gned hendene sammen i forventning.

Parecía que esperaban que se produjera una fuerte pelea.

De så ut til å forvente at det ville bli en høylytt krangel.

Pero ellos parecían estar contentos con la discusión que se avecinaba.

Men de virket glade for den kommende krangelen.

Creían que la disputa sería a su favor.

De trodde at tvisten ville være i deres favør.

"Quiero decir exactamente lo que acabo de decir", respondió el señor Samsa.

«Jeg mener akkurat det jeg nettopp sa», svarte herr Samsa.

Caminó en línea recta con sus dos compañeros.

Han gikk i en rett linje med sine to ledsagere.

Y el señor Samsa se dirigió directamente a su caballero principal.

Og herr Samsa henvendte seg direkte til deres ledende herre.

El caballero primero se quedó quieto, mirando al suelo.

Herren sto først stille og så ned i bakken.

El contenido de su cabeza todavía estaba ordenándose.
Innholdet i hodet hans var fortsatt i ferd med å ordne seg.
—Está bien, nos vamos —dijo y miró al señor Samsa.
«Greit, vi går», sa han og så opp på herr Samsa.
Una nueva humildad pareció apoderarse de él de repente.
En ny ydmykhet syntes plutselig å ha overmannet ham.
Y parecía estar pidiendo permiso para esta decisión.
Og det virket som om han ba om tillatelse til denne
avgjørelsen.
El señor Samsa abrió mucho los ojos y asintió un poco.
Herr Samsa åpnet øynene vidt og nikket litt.
Los caballeros obedecieron inmediatamente su orden.
Herrene fulgte straks hans ordre.
Y efectivamente dieron largos pasos por el pasillo.
Og de tok faktisk lange skritt inn i gangen.
Sus amigos ya habían dejado de frotarse las manos.
Vennene hans hadde allerede sluttet å gni seg i hendene.
Habían estado escuchando cómo iba la conversación.
De hadde lyttet til hvordan samtalen gikk.
Y ahora corrían tras él, como si tuvieran miedo.
Og nå løp de etter ham, som om de var redde.
El señor Samsa aún podría aislarlos de su líder.
Herr Samsa kan fortsatt isolere dem fra lederen sin.
Sacaron sus palos del contenedor.
De dro pinnene sine ut av pinnebeholderen.
Y se inclinaron en silencio antes de salir del apartamento.
Og de bøyde seg stille før de forlot leiligheten.
**El señor Samsa y las dos mujeres salieron del patio
delantero.**
Herr Samsa og de to kvinnene gikk ut fra forplassen.
**Pero en realidad no tenían motivos para desconfiar de los
hombres.**
Men egentlig hadde de ingen grunn til å mistro mennene.
**Se apoyaron en la barandilla para comprobar si se habían
ido.**
De lente seg mot rekkverket for å sjekke om de hadde gått.

Los tres caballeros efectivamente estaban bajando las escaleras.

De tre herrene var faktisk på vei ned trappene.

En un determinado recodo de la escalera desaparecieron.

I en viss sving på trappen forsvant de.

Y entonces la escalera los trajo de nuevo a la vista.

Og så brakte trappen dem tilbake til syne.

Esta aparición y desaparición se repite en cada piso.

Dette gjentok seg i hver etasje.

Pero al final casi habían llegado al fondo.

Men til slutt hadde de nesten kommet til bunns.

Cuanto más avanzaban, más aburridos parecían.

Jo lenger de kom, desto mer uinteressante var de.

Todos regresaron a casa, como si se sintieran aliviados.

Alle kom tilbake til hjemmet, som om de var lettet.

Decidieron aprovechar el día para descansar y salir a pasear.

De bestemte seg for å bruke dagen til å hvile og gå en tur.

Sentían que merecían este descanso de su trabajo.

De følte at de hadde fortjent denne pausen fra jobben sin.

No sólo merecían este descanso, sino que lo necesitaban.

Ikke bare fortjente de denne pausen, de trengte den.

Se sentaron a la mesa para escribir cartas de disculpas.

De satte seg ned ved bordet for å skrive unnskyldningsbrev.

El señor Samsa escribió una carta de disculpas a su dirección.

Herr Samsa skrev sitt unnskyldningsbrev til ledelsen.

La señora Samsa escribió su carta de disculpas a sus clientes.

Fru Samsa skrev et unnskyldningsbrev til klientene sine.

Y Grete escribió su carta de disculpa a su director.

Og Grete skrev unnskyldningsbrevet sitt til rektoren sin.

Mientras todos escribían, la criada llegó a la habitación.

Mens de alle skrev, kom hushjelpen inn på rommet.

Su trabajo de la mañana había terminado, por lo que se dirigía a casa.

Morgenarbeidet hennes var ferdig, så hun skulle hjem.

Los tres escritores asintieron al principio, sin levantar la vista.

De tre forfatterne nikket først, uten å se opp.

Pero la criada no parecía querer irse todavía.

Men hushjelpen så ikke ut til å ville dra helt ennå.

Esperó un poco, hasta que los tres escritores levantaron la vista.

Hun ventet litt, helt til de tre forfatterne så opp.

"¿Y bien?" preguntó el señor Samsa, enojado como los demás.

«Vel?» spurte herr Samsa, sint, i likhet med de andre.

La criada estaba parada en la puerta con una sonrisa en su rostro.

Hushjelpen sto i døråpningen med et smil om munnen.

Dio la impresión de tener buenas noticias que informar.

Hun ga inntrykk av å ha gode nyheter å rapportere.

Pero ella no iba a compartir la noticia a menos que se lo pidieran.

Men hun ville ikke dele nyheten med mindre hun ble bedt om det.

La pluma de avestruz erguida sobre su sombrero se balanceaba ligeramente.

Den oppreiste strutsefjæren på hatten hennes svaiet litt.

Aquella pluma de avestruz siempre había molestado al señor Samsa.

Den strutsefjæren hadde alltid irritert herr Samsa.

—Entonces, ¿qué quieres? —preguntó la señora Samsa con firmeza.

«Så, hva vil du da?» spurte fru Samsa bestemt.

La criada todavía tenía mucho respeto por la señora Samsa.

Hushjelpen hadde fortsatt stor respekt for fru Samsa.

"Sí", respondió ella y soltó una carcajada amistosa.

«Ja», svarte hun og brøt ut i en vennlig latter.

Por un momento su risa le impidió hablar.

Et øyeblikk hindret latteren henne i å snakke.

"No tienes que preocuparte por esa cosa de al lado".

«Du trenger ikke å bekymre deg for den tingen ved siden av.»

"Ya he decidido cómo nos desharemos de él".

«Jeg har allerede ordnet hvordan vi skal bli kvitt den.»

La señora Samsa y Grete continuaron escribiendo sus cartas.

Fru Samsa og Grete fortsatte å skrive brevene sine.

Pero el señor Samsa se dio cuenta de que la criada aún no había terminado.

Men herr Samsa la merke til at hushjelpen ikke var ferdig ennå.

Ahora quería describir todo con más detalle.

Nå ville hun beskrive alt mer detaljert.

Pero él extendió su mano para rechazar sus esfuerzos.

Men han strakte ut hånden for å avvise hennes forsøk.

Se dio cuenta de que no estaban interesados en sus planes.

Hun innså at de ikke var interessert i planene hennes.

Y entonces recordó la gran prisa en la que había estado.

Og så husket hun hvor travelt hun hadde hatt det.

"Ciao entonces", dijo ella, insultada por la falta de interés.

«Ciao da», sa hun, fornærmet over mangelen på interesse.

Pero antes de irse cerró la puerta de un golpe terriblemente fuerte.

Men før hun gikk, smalt hun døren fryktelig hardt igjen.

"La despedirán esta noche", dijo el señor Samsa.

«Hun blir sparket i kveld», sa herr Samsa.

Pero su esposa y su hija estaban demasiado ocupadas para responderle.

Men kona og datteren hans var for opptatte til å svare ham.

Porque la criada había perturbado la paz recién adquirida.

Fordi tjenestepiken hadde forstyrret deres nyvunne fred.

La madre y la hija se levantaron para ir a la ventana.

Moren og datteren reiste seg for å gå bort til vinduet.

Y abrazados se quedaron allí.

Og med armene rundt hverandre ble de der.

El señor Samsa se giró en su silla para mirarlos.

Herr Samsa vred seg rundt i stolen for å se på dem.

Y por un rato los observó en silencio mientras estaban allí de pie.

Og en stund så han stille på dem mens de sto der.

Finalmente les gritó: "¿Queréis venir a mí?"

Til slutt ropte han til dem: «Vil dere komme til meg?»

"Olvidémonos de todas esas cosas viejas, ¿de acuerdo?"
«La oss glemme alt det gamle, skal vi?»
"Ven a mí y dame un poco de tu atención."
«Kom til meg og gi meg litt av din oppmerksomhet.»
Las dos mujeres hicieron lo que él les dijo y corrieron hacia él.
De to kvinnene gjorde som han sa, og løp bort til ham.
Le dieron un abrazo cariñoso y le besaron.
De ga ham en kjærlig klem og kysset ham.
Regresaron rápidamente para terminar de escribir sus cartas.
De kom raskt tilbake for å skrive ferdig brevene sine.
Luego los tres abandonaron el apartamento juntos.
Så forlot alle tre leiligheten sammen.
No habían salido juntos de casa desde hacía meses.
De hadde ikke gått ut av huset sammen på flere måneder.
Y tomaron el tranvía hasta las afueras de la ciudad.
Og de tok trikken til utkanten av byen.
Tenían todo el vagón del tranvía para ellos solos.
De hadde hele trikkevognen for seg selv.
La luz del sol entraba a raudales por la ventana desde el exterior.
Solskinn strømmet inn gjennom vinduet utenfra.
La familia se reclinó cómodamente en sus asientos.
Familien lente seg komfortabelt tilbake i stolene sine.
Y discutieron las perspectivas para su futuro.
Og de diskuterte utsiktene for fremtiden.
Al examinarlos más de cerca, sus perspectivas no eran malas.
Ved nærmere ettersyn var utsiktene deres ikke dårlige.
Los tres tenían trabajos con potencial para ganar más.
Alle tre hadde jobber med potensial til å tjene mer.
Nunca se habían preguntado sobre su trabajo.
De hadde aldri spurt hverandre om arbeidet sitt.
Pero ahora finalmente tenían tiempo para discutir esas cosas.
Men nå har de endelig hatt tid til å diskutere slike ting.
También tenían la opción de mudarse a un apartamento más pequeño.
De hadde også muligheten til å flytte til en mindre leilighet.

Esto tendría el mayor impacto en sus vidas.

Dette ville ha størst innvirkning på livene deres.

Su apartamento actual había sido elegido por Gregor.

Deres nåværende leilighet hadde blitt valgt av Gregor.

Pero ahora podrían mudarse a algún lugar más asequible.

Men nå kunne de flyttet et sted som er rimeligere.

Un apartamento más pequeño, pero en un lugar más práctico.

En mindre leilighet, men et mer praktisk sted.

Hablar sobre el futuro hizo que Grete se sintiera nuevamente más animada.

Det å snakke om fremtiden gjorde Grete mer livlig igjen.

El señor y la señora Samsa también notaron otros cambios en ella.

Herr og fru Samsa la også merke til andre forandringer hos henne.

Sus mejillas se habían vuelto pálidas por todas sus preocupaciones.

Kinnene hennes var blitt bleke av alle bekymringene.

Pero ahora su hija se estaba convirtiendo en una bella dama.

Men nå blomstret datteren deres til å bli en fin dame.

Ahora ella realmente era una joven bien formada y hermosa.

Hun var virkelig en velbygd og fin ung kvinne nå.

Sus padres guardaron silencio y admiraron a su hija.

Foreldrene hennes ble stille og beundret datteren sin.

Se miraron el uno al otro comunicándose inconscientemente.

De kikket på hverandre og kommuniserte ubevisst.

"Pronto llegará el momento de encontrar un buen hombre para ella."

«Det vil snart være på tide å finne en god mann til henne.»

El tranvía había llegado a su destino y redujo la velocidad.

Trikken hadde nådd bestemmelsesstedet og sakket farten.

Su hija pareció confirmar sus nuevos sueños.

Datteren deres så ut til å bekrefte de nye drømmene deres.

Ella fue la primera en levantarse y estirar su joven cuerpo.

Hun var den første som reiste seg opp og strakte ut sin unge kropp.